だいわ文庫

99歳、いくつになっても いまがいちばん幸せ

吉沢久子

大和書房

はじめに

一〇〇歳を目前にして、しょっちゅう時計を見ることはなくなりました。いま私は、私のための時間をたくさん持っています。

もちろん、人生の残り時間が少なくなっていることも、承知しています。ですから、自由な時間をたくさん持っていても、そのいっときいっときを大切にしようと思っています。

歳を取ってよかったことは、少しくらい腹の立つことがあっても、まあいいか、それよりいまを楽しく過ごしたい、と思うようになったことでしょうか。

最近は、年齢より若く見られたい、という女性が多く、表面的な若さだけを追い求める傾向があるように思います。若いということがよくて、老いはダメ、老いは悪、といったような考え方が世の中の主流であるように思えます。

それは、実は〝老い〟を怖がっているのでは？　と、私は思います。〝老い〟はそんなに怖いことでしょうか？　確かに表面的にはシワやシミが増えたり、髪が薄くなったり、人は老いてゆくものです。

しかし、歳を取るということは、歳を重ねた年月の間に、若いときには見えなかったことが、いろいろ見えたり、ものを知ったり、理解できたり、知恵を貯めた豊かな自分に出会えることでもあるのです。これは歳を取ったからこその、面白さです。

若さもいっとき、九十歳を過ぎても二十歳の顔やスタイルでは、お化けです。年齢を重ねた分、ものごとのいい面を見るのが上手になってきて、悪い面にもうまく折り合って、少しは内容が濃くなってきているのかもしれません。

歳を重ね続けて、死に至る、これは誰もが避けては通れない、ごく自然なことで、歳を取っていくこと、歳を取ったことを否定して日々をウツウツ過ごすのはもったいない、と思いませんか。

五十代以降は、失うものがたくさんあります。体力も、気力も、そして経済的な面でも。

昨日できたことが今日はできなくなる、なんてよくあること。失ったものを数えるより、いまの自分が健康で、機嫌よくいられることをいちばんに考えて暮らしてゆけばいいと思っています。

といって、できるのにしないのは、ただの怠け者です。ラクなほうに傾いていけば、もっとラクなほうへどんどん逃げてゆきます。面倒になって、やがて何もしたくなくなるような気がします。

それはなんとしても私は避けたいですね。できることは時間をかけてもやらないと、老いてますますダメになってゆくのは目に見えています。〝面倒くさがり〟は老いを助長すると思っています。

若かった昔と同じように暮らせなくなったとき、それを惨めで不幸と思うか、シンプルでいいなと思うか、ここが幸か不幸かの分かれ道なのです。

若いときにできたこと、たとえば重いものを持つ、長い距離を歩く、などはだんだんできなくなりますが、そういう力をいろいろとなくして生きているのは、自分ひとりじゃないはずです。誰もみんな同じ道を辿るのですが、そうなっても自分のできることに楽しみを見つけて暮らせるかどうか、それは人それぞれですね。

怠惰にならず、人に求めず、いま与えられた暮らしを楽しめば、老いを嘆いている暇もありません。

老いて後の人生の下り坂の景色も、またいいものです。家から見える、真っ赤な夕日が刻々と色を変えていく姿、自然界の色の豊かさに引きこまれ、心ゆくまで楽しめる、ゆったりとした時間は若いときには味わえない醍醐味です。

若いときには見えなかった、こんな素晴らしさを、一つ一つ丁寧に拾い上げて、これまでに見過ごしてきたものを集めていく、そんな暮らしを、いま人生でいちばん幸せ、素敵だなと思っています。

99歳、いくつになっても いまがいちばん幸せ◆目次

はじめに——1

第1章 ひとり暮らしは面白い！ 15

朝ご飯の前に 16
ひとり暮らしで、ストレスなし 20
手紙は自分の心と向き合う時間 23
汚れを溜めない暮らし 25
炊きたてご飯の夕食 27
眠れない夜には 30
暑い日の工夫で気持ちも若く 32
外の風を運ぶ客人 34
災害に備えて 36
小さな命に責任を持つ 38
虫眼鏡で自然観察 40
常に「私は私」の気持ちで 43
感じる心を止めない 44

第2章

食いしん坊は元気の素

48 ■食べたいものを食べなきゃ損！
51 ■「気にしない」のが健康法
55 ■戦争中の食を振り返って
59 ■自分らしいリズムを保つ
62 ■〝笑い〟は日々の薬
65 ■今日は何を食べようか？
69 ■料理の基本はこれだけ
71 ■思い出の味
76 ■大好きなお取り寄せ

79 第3章
寄りかからない生き方
私からあなたへ

80 ■仕事を辞めなかった理由
82 ■早くに芽生えた自立心
85 ■専門技能を身に付ける
87 ■敗戦の街で思った「働こう!」
90 ■結婚して変わった暮らし
93 ■勉強したい!
95 ■束の間の〝ひとり〟で気分転換
97 ■人生は定年後からが長い
100 ■「頼るまい」を信条に

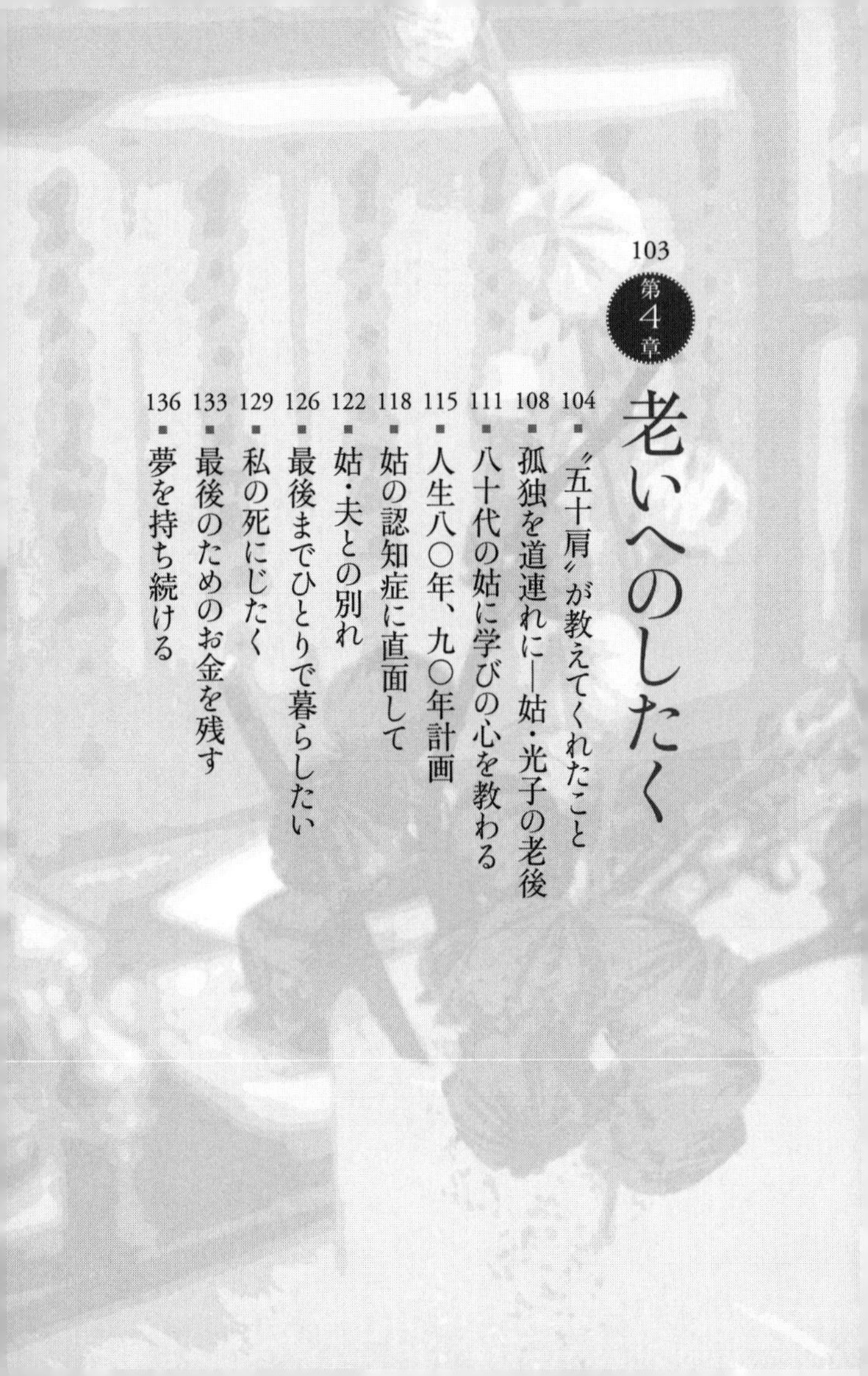

103

第4章 老いへのしたく

104 ■ “五十肩”が教えてくれたこと
108 ■ 孤独を道連れに——姑・光子の老後
111 ■ 八十代の姑に学びの心を教わる
115 ■ 人生八〇年、九〇年計画
118 ■ 姑の認知症に直面して
122 ■ 姑・夫との別れ
126 ■ 最後までひとりで暮らしたい
129 ■ 私の死にじたく
133 ■ 最後のためのお金を残す
136 ■ 夢を持ち続ける

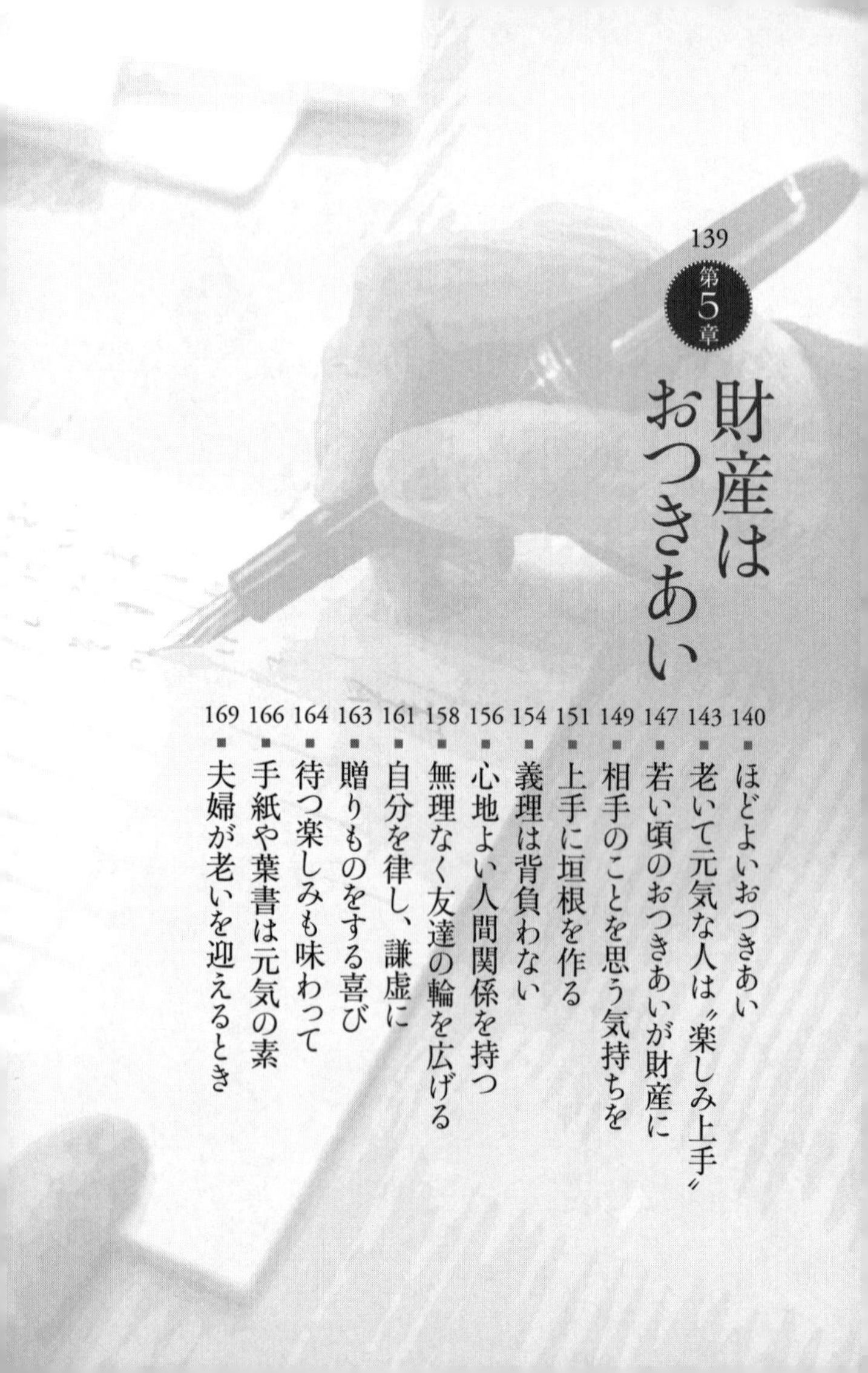

139

第5章 財産はおつきあい

140 ■ほどよいおつきあい
143 ■老いて元気な人は〝楽しみ上手〟
147 ■若い頃のおつきあいが財産に
149 ■相手のことを思う気持ちを
151 ■上手に垣根を作る
154 ■義理は背負わない
156 ■心地よい人間関係を持つ
158 ■無理なく友達の輪を広げる
161 ■自分を律し、謙虚に
163 ■贈りものをする喜び
164 ■待つ楽しみも味わって
166 ■手紙や葉書は元気の素
169 ■夫婦が老いを迎えるとき

175
第6章 私を励ましてくれたことば 残したいことば

176 ■「世の中の美しいと思うことは、どんな小さなものも見逃すな」
177 ■「悪いところは三歳の子供にもわかるのだから、わざわざ見ることはない。人も同じだ。いいところだけを見ろ」
179 ■「苦労すればするほど柔らかに、素直になれる人がいる」
181 ■「日本の食生活はとてもいい。ただカルシウムが不足しているので、牛乳一本を足す」
183 ■「望みはなるべく小さく持ったほうがいい」
184 ■「傲慢は自分を滅ぼす」
185 ■「ひとりを慎み、自分を甘やかさない」
186 ■「人生こうあるべし」にとらわれない
187 ■「いま、持っている幸せをかみしめたい」
189 ■「クヨクヨしてもはじまらない」
190 ■「ひとりで生きる」
191 ■「今日が最高!」

付録

大好きなおかず 春夏秋冬

194

■キャベツのコールスロー 194
■新玉ねぎのおかかサラダ 195
■グリンピースの汁かけ 195
■サラダ寿司 196
■枝豆ご飯 196
■ドライカレー 197
■セロリの牛肉炒め 198
■茗荷の酢漬け 198
■トマトのジャム 199
■炒り鶏 199
■さつまいもとリンゴサラダ 200
■柿とこんにゃくの白和え 201
■吉沢流おでん 202
■牛乳粥 203
■ゆず大根 203
■我が家のお雑煮 204
■干し柿のゆず和え 205
■牡蠣のオイル焼き 205
■おひとりさま寿司 206

207
私の好きなお取り寄せ
207 ■山上商店の**鮭**
207 ■下田豆腐店の**創作がんも揚げ**
208 ■野中かまぼこ店の**天ぷら**
209 ■山田屋**まんじゅう**
209 ■すやの**栗きんとん**
210 ■モンロワールの**木の葉チョコレート**
あとがき——211
文庫版あとがき——216

第1章 ひとり暮らしは面白い！

朝ご飯の前に

最近の私は、「今日が最高！」と、いま持っている幸せをかみしめながら、元気で暮らしています。

ひとり暮らしを寂しいと言う方や、ひとり暮らしを心配してくださる方もいらっしゃいますが、私はひとりが〝いい〟と思っています。誰にも気を遣わなくていいし、自分で自分をコントロールできる自由があるのが最高です。

いまはもう亡くなってしまった妹が、隣の駅に住んでいたのですが、いつも「ひとりがいいわね、お姉さん」と言っていました。互いに高齢のひとり暮らし、姉妹ですから一緒に暮らしたら、という方もいらっしゃいましたが、私たちは二人とも〝ひとり暮らし〟を選択しました。別に仲が悪かったわけではありません。それはそれぞれ自分のリズムで暮らしたかったからなのです。元音楽教師の妹には、音楽のあるにぎやかな生活、私は原稿を書くという静かな生活。同居したら、互いのリズムを保ちつつ暮らすのは難しかったでしょう。仲違いなどしたら、せっかくの良い関係が壊れてしまいます。

朝は、ゆっくり八時半くらいに起きます。

夏など、早く目覚めたときは、寝室の窓を開け放ち、風を通して、それからもう一度寝ることもあります。すごく気持ちがよくて、ああ、なんて幸せなんだろう、と思います。

早めに目が覚めても、取材などの予定が入っていなければ、本を読んだり、テレビを見たりして、ぐずぐずとベッドの中で怠けています。ふだん昼寝をすることはありませんから、健康を保つためにも、横になって起きないことにしています。これもひとり暮らしならではの至福の時間でしょうか。

起きた後は、メダカにエサをやったり、庭の植物や鉢植えの花に水を撒いたり、昨夜の片づけものが残っていたら、片づけたりします。

それから朝食のしたく。朝食は、しっかりといただくことにしているので、ゆっくりと食べます。食べる時間は、九時過ぎでしょうか。

メニューは家族がいるときからの「定番メニュー」。

イギリスパンのトースト、卵、野菜、果物、紅茶、ヨーグルトです。

外交官の妻だった姑、ベルギー生まれの夫・古谷綱武が二人とも、朝はパンだったので、私も同じになりました。卵は日により、茹でたり、スクランブルにしたりなど、変化させます。紅茶はポットにたっぷりと入れて、電気ウォーマーで温めておきます。

ときには、ほうれん草を茹でて、細かく刻み、バター炒めしたものに半熟の目玉焼きをのせ、卵をくずしながら食べます。薄切りにしたパンに挟んでサンドイッチにしてもとても美味しいので、しばらくやみつきになったこともあります。

冬によく作るのが牛乳粥や野菜スープ。牛乳粥は香川栄養学園創設者の香川綾先生が召し上がっていたものと同じレシピです（作り方は二〇三ページ）。

ニンジンがたくさん届いたときなどは、グラッセにして作り置きし、牛乳を加えてミキサーにかけスープにします。きれいな色の温かいニンジンスープは冬の朝の楽しみです。ニンジンはグラッセにしておけば、お肉料理の付け合わせなどにいろいろ便利です。

私は、朝食をしっかりと食べるので、昼食は食べません。

家族がいたときに使っていた食洗機、大きな冷蔵庫も処分して、いまは小さめの冷蔵庫と冷凍庫を使っています。ひとり分くらいの保存にはちょうどいいのです。

大きい冷蔵庫では、入れすぎたり、奥に入れていたものを見失ったり、忘れてダメにしたり、せっかくの食品がもったいないですから。小さければ奥までよく見えて忘れません。冷蔵庫の中の食べものはしっかりとすべていただきたいと思っています。

ひとり暮らしで、ストレスなし

これまでにもこのお話はしていると思いますが、夫が亡くなって一週間目に、お断りできない仕事で大阪に行きました。講演が終わり、帰宅しようとしたところ、折悪しく大雪で、新幹線が運休に。「たいへん！　古谷にご飯を食べさせなければいけない」と、咄嗟《とっさ》に思いました。でも、「ああ、すぐに帰らなくてもいいのだ、大阪で一泊しても誰にも迷惑はかからない」、と気付いたのです。そのとき急に晴れ晴れとして、ホッと解放された自由を感じたことが、忘れられません。

「これからは、この自由がずっと続く」という気持ち、これは夫の古谷と姑の光子、私の家族からのプレゼントなのだ、だから大事にしようと思いました。

いまもこの気持ちをずっと持ち続けて、ストレスなども、まったくありません。ひとりで自由に、したい仕事を自分で選び、嫌な人とつきあう必要もありません。老いてのひとりの自由というのは、ほんとうにいいものです。

私の性格にもよるのかもしれませんが、万一、嫌なことがあっても、愚痴を言ったり、クヨクヨ悩んだりすることはありません。歳を取ってから、文句ばかり言っている、僻《ひが》んでいる、怒ってばかりいる、といろいろな人がいますが、幸いに、私にはそれがないのです。

何があっても、「そういうこともあるかもしれない」「当然かもしれない」と思ってしまうのです。腹が立っても、なんで腹を立てているんだろう？ とその原因をよくよく考えると、案外たいしたことではなかったな、と心が収まってしまうことが多いのです。

私は自分を生まれつき才能豊かなどと思ったことはありません。自分を優れているものだという評価もありましてきませんでした。仕事をいただけば、自分ができるものであれば、一生懸命にやって、力を尽くすことだけ、と思っていましたので、他人とくらべて、焦ったり、背伸びしたりすることはなかったのです。

文句を言ったり、愚痴ったり、怒ったりすると、ストレスが溜まりますよね。そんなとき私は、気持ちをゆったりと持ち、心を落ち着かせ、「なんで文句を言ったのか」「怒った原因は何か」「どうして僻んだのか」、などをよーく考えてみます。

落ち着いて考えると、怒りの〝もと〟は意外につまらないことだったり、小さなことだったりして、ポンと気持ちが収まるようになるのではないでしょうか。

いまは、ストレスなど抱えることもないので、すごく幸せです。最晩年が幸せな毎日は、最高の幸せだと思います。

手紙は自分の心と向き合う時間

日中は、原稿を書く、手紙を書く、取材を受けるなどで、せわしなく過ぎていきます。

仕事は優先順位をつけて、原稿があれば、まずはそれを真っ先にします。でき上がるまで、考えたり、調べたりしながら、仕上げていきます。一日でできるときもあれば、数日、あるいは数週間といったときもあります。仕事は、私にとってもっとも大切なことですから、おろそかにしたくありません。

また、取材をお引き受けしたときは、取材の方が見えるときの準備をします。暑いときなら、涼しくする工夫をして、寒いときには暖かくしてお待ちします。

そのときに、お見えになる方たちに、召し上がっていただくものなどを用意します。

今日は飲みものはどうしようか、添えるお菓子は？　など、あれこれ考え、来られる方の好みなど考えるのはおもてなしの楽しみです。

手紙を書くことも、私の大切な仕事です。読者の方からいただいた手紙、葉書には、必ず返事を書きます。また、地方にお住まいの方から頂きものなどをしたときのお礼、それから、ちょっとご無沙汰している方への、手紙などを書きます。手紙は必ず万年筆で、手書きをしています。手紙を書いていると、あっという間に時間が過ぎていきます。

私が手紙を書くのは、相手の方への儀礼などももちろんありますが、いちばん大事にしているのは、自分と向き合うことで、自分の心を見つめ、確かめる作業です。自分の思いにピッタリの言葉をさがしたり、美しい言葉を見つけることは、心と頭をみずみずしくしてくれるのです。

身のまわりの出来事を掬《すく》いあげて相手に伝える喜び、季節の喜び、旅の出会いの喜び、本や趣味、ライフワーク、美味しいものを味わう幸せなどを書くことも、ワクワクした気持ちにつながります。

汚れを溜めない暮らし

仕事をしない日中は家事をしています。

暮らしが雑になると、気持ちもどんよりしますので、部屋はスッキリさせ、心が気持ちよくなるように、整理します。ついでに、掃除をちょっとすませます。ホコリなどは溜めてしまうと、後が大変になりますから、気付いたら溜めないようにササッと掃除しています。でも、気になる汚れがなければ毎日はしません。そのへんは、ひとり暮らしですから臨機応変で、私の家事には決まりはなく、その日、そのときに合わせて自由です。

月一回、自宅で「むれの会」（夫の古谷が存命中からの勉強会）がありますが、そのときは、知り合いの大工さんが前日に来てくれて、庭をきれいにしてくれるので、ほんとうに助かっています。もう庭掃除などは、足元が心もとなくてできなくなりましたから。ほかに甥夫婦も来て、室内の片づけなどは手伝ってくれるので、みんなの手をお借りしています。

洗濯は、毎日その日の夜に、手洗いします。汚れものを残して、夜中に死んだら恥ずかしいですから、大物は洗濯機ですが、肌着などは必ず手洗いで、その日着たものを始末しています。これはずっと習慣になっていますから、なんということもありません。

私には、これが当たり前の日常で、暮らしとはこういうものだと思います。

炊きたてご飯の夕食

夕食は決まった時間はないのですが、だいたい六時〜七時くらいにいただくことにしています。

ある日のメニューは、
炊きたてのご飯
さよりの風干し
大根とがんもどきの煮つけ
せりのゴマよごし
高菜の漬物
いちごミルク

ご飯は白いご飯の炊きたて。汁物はそば茶でのどを潤すので作りませんでした。ご飯をたっぷりと食べたかったので、汁物が入ると、食べられなくなるのです。

ひとりでも、ご飯を炊くときは、三カップ炊くのを習慣にしています。残りはおにぎりを何個か作ったり、一食分ずつ分けてラップしたりして、冷凍してしまいます。

さよりの風干しは、ご近所に住む詩人・谷川俊太郎さんのお母様から教えていただいたものです。活きのいいさよりを見つけたとき、背開きにして10分ほど酒塩に浸し、水分をよく拭き取ってから串に刺して吊るし、片面30分くらい扇風機の風にあて生干しにします。あっさりとして、美味しいこと。俊太郎さんのお父様の哲学者・谷川徹三先生が好まれたそうで、我が家でも真似して以来得意料理の一つとなり、さよりの旬にはよく作っていました。

干物でご飯は好きな献立の一つですが、なかでもさよりの干物は特別です。生姜じょうゆをちょっとかけて熱いご飯にのせると、食いしん坊にはたまらない美味しさです。

デザートにはいちごミルク。

親しい人たちからは、すごい食欲と言われて、からかわれていますが、食欲があることも、食べたいものを自分で作って食べられることも、私が健康だからで、これを失ったらひとり暮らしも成り立たなくなります。

私は、昔から、「寝食を忘れて」ということばには疑問を持っていました。もちろん意味は理解していますが、寝も食も、これを忘れては何もできなくなってしまいます。いちばん大切な、人間の正常な営みを忘れるのは、異常なときだけだと思うのです。

眠れない夜には

美味しい夕食のあとは、テレビを見たり、新聞を三紙読んだり、本を読んだりして過ごします。

夜に人が来ることはめったになくなりましたが、たまに近所に住む、古谷が可愛がっていた、昔青年だった男性が来ると、お酒を飲み、世間話をしたりします。食べものの話、住んでいる地域の話などしていると、いつの間にか時間が経っています。

疲れたら早々と、八時頃から眠りにつくこともあります。人が来ていたら、そうはいきませんが、できればその日のうちには、眠るようにしています。しかし、用があれば、十二時過ぎまで起きていることもあり、就寝時間などはその日によりまちまちです。

お風呂に入るのも、気分しだい、夜に入るときもあれば、朝シャワーだけのときもあり、日によって違います。このあたりが、ひとり暮らしのよさでしょうか。

遅くまで起きていて、小腹が空くこともあります。そんなときは、甘酒を少し飲んだり、大好きなアンズのリキュール漬けをつまむこともあります。

九州にいる古谷の友人の娘が、東京に出てくると、わが家に泊まり、必ず魚河岸やアメ横などに買い物に出かけるので、ついでに干しアンズを買ってきてもらい、コアントローというリキュールに漬け込んで楽しんでいます。私はアンズが大好きで、以前生のアンズの種を庭に植えたのですが、それが大きくなって、いまでは春に白い花を咲かせるまでに成長しました。いつか実がなるかもしれません、それも期待しています。

夜など、ちょっと寝つけないとき、アンズのリキュール漬けをつまむのは、ひとりのお楽しみです。

そんなことをしているうちに、眠くなるので、寝られずに困ることもありません。

暑い日の工夫で気持ちも若く

平均寿命を過ぎていますから、いつ死んでもかまわないと思って、毎日を過ごしています。そうは思っていても、生きている限り、楽しく暮らしたいと強く思います。そうすると、つまらないことでクヨクヨなんかしていられません。そのためには、ストレスも溜めないようにしています。

例えば、夏の暑い日、家で仕事をしていても暑い。エアコンをつけて、扇風機を回しても、まだ暑い日でした。こんなときは、何もせずにいたほうが、気分もいいのですが、仕事を持つ身としては、どうしてもすませなければならない仕事もあります。そこで、あ、そうだ、と水で絞った手ぬぐいをブラウスの上から肩にかけたのです。すると、気化熱の原理で、首から肩にかけて、スッと涼しくなりました。こんな知恵を働かせながら暮らしていると、面白いですし、仕事もはかどります。家にいるのだから、何も気取ることもなし、手ぬぐいをかけていても、誰も覗く心配もなく、暑さが和らいだのですから、これはいいことを発見！

ほかにも、氷たっぷりの水出し煎茶を飲む、夕方には敷石に打ち水をする、植木に水を撒くなど、涼しさを感じるような工夫をしています。

暑いと、気分もイライラすることになりますが、それを転換させるような生活の知恵、暑さを忘れて打ち込む気力など、生活力をフル回転して暮らしたいと思います。

私はずっと、明日のために、今日を豊かに生きようと思い続けてきました。ですから、暑いときには、お昼寝をしたり、ぼんやりする時間も無駄とは思いません。次の行動のための、気力、体力を蓄えるのに必要だ、と考えます。

外の風を運ぶ客人

年齢を重ねてからは、とくに嫌なことは引きずらず、できるだけものごとのいい面を見るように意識してきました。人生には限りがあるから、明るい面を見て生きていかないとつまらない、と思います。

最近では、姪が、「おばちゃんは、明るい色の洋服が似合う」と言って、きれいな色の暖かい衣類を選んで買ってきてくれます。

冬の寒い朝などは、それをパッと羽織って、台所に立つと、寒くても背中が温まり、スッと動けるのです。しかも軽くて、価格も彼女たちの手が届くくらいですから、負担も感じることなく、姪の好意を受け取っています。

姪は、街の音楽教師をしていた妹の子供で、幼いときから近くに住む私のところに、ひとりで遊びに来ていました。高校生のときには、わが家のガラス拭きのアルバイトなども頼んでいました。

姪とは美味しいものの話が多いのですが、あるとき、東京以外の土地で作られているものの話になったので、「どこで買ったの？」と聞くと、「通販よ、美味しいお取り寄せ、なんていうのは見逃せないじゃない」と言います。

デパートのカタログ販売やテレビショッピングなどをするのは、家事の合間のお楽しみだと言うのです。「あなたはまだ足もしっかりしているし、外出する時間もあるのに、テレビショッピングやカタログ通販にはまっていると、買いすぎになるでしょうに」と言う私に、「そう、このところ私、通販貧乏なのよ」と笑ったのです。

私も時折、通販で買い物をしますが、この通販貧乏ということば、いかにも今風の言い方だと思ったものです。

姪は、妹の残した音楽教室を細々と続け、暮らしは食べもの大好きが中心となっているので、彼女が持ってきてくれる外からの風を、感心したり、呆れたりしながら、面白がっています。

災害に備えて

ひとり暮らしで、心配なことといえば、災害です。私の住まいは比較的安全な場所にあると思っていますから、火事さえ出さなければ、家はつぶれても、買い置きの保存食品や庭で作っている野菜などを食べて、なんとか数日は生きていけると思います。

私は太平洋戦争の東京大空襲を経験しているので、用心深いところがあります。空襲で焼け出された友人が、自分の家の焼け跡に立って、見舞いに行った私に言ったことばが忘れられません。

「何もかも辛いけど、今いちばん辛いのは、すすけた顔をごしごし洗ったら、あと顔につけるものがなんにもなくて突っ張っていること。痛いのよ」

当時は買えるお金があっても買えない時代でしたが、いまはなんでも手に入ります。でも私は、緊急時に持ち出すバッグの中に乳液を入れています。普段使いの品で、新しいものを買ったら、バッグの中の品と入れ替えて使うことにしています。

それに、ベッドのそばにゴム長靴と大型の懐中電灯を置いています。突然災害が起こったとき、何がどこにあるかわからないといけないし、割れたガラスで足に怪我などしてもいけないと思うからです。

災害用ではありませんが、急病で入院するときに持っていくものをまとめたバッグが二つあります。災害時でも役立つかもしれません。

中には、寝間着用に仕立てたゆかた、バスタオル、浴用タオル、おしぼりタオル、下着の替え、洗面道具、使いつけの乳液、コンパクト、口紅、ヘアブラシ、ポケットティッシュ。

もう一つのバッグには、ご飯茶碗、湯呑み茶碗、箸と布巾、葉書、便箋、ボールペン、封筒、原稿用紙など。ほかに、万年筆と認め印、健康保険証が常備品です。

以前に購入した缶入りの水は、捨てずに物置に入れてあります。水道が使えないとき、手洗いなどに役立つと思うからですが、缶が錆びてきたら捨てるつもりです。

毎日、寝る前には、二リットルのヤカンに水を一杯張っておきます。庭でバーベキューをするために用意した炭も七輪も、もしもの時には役立つと思っています。もともとはお楽しみのための買い置きですが、いままでこれらの備品を使わずにすんできたことの幸せに感謝しています。

小さな命に責任を持つ

以前、あるシンポジウムで、神奈川県立保健福祉大学学長で栄養学がご専門の、中村丁次先生とご一緒になったとき、先生のお話のテーマが「美味しく食べて、元気に死ぬ」でした。私は、目からウロコが落ちたということば通り、これだ、と思いました。健康を守り続けるためのすべてが、中村先生の出されたこのテーマの中に含まれると考えました。

すべてを明るく考えて暮らすのは、難しいところもありますが、少なくとも、自分の身のまわりにある小さな幸せに気付いて、それらを拾い集めること、それを続けていけば、なんとか明るい気持ちを持ち続けられると思います。

夫の古谷綱武が亡くなって、ひとり暮らしになったとき、私は庭の水がめでメダカを飼い始めました。自分が世話をしないと生きていかれないものが飼いたくなったのです。命に責任を持つということでしょうか。

世話をする生き物がいると、暮らしに張りが出てきます。朝起きると、毎日エサをあげ、声をかけます。小さいけれど、家族のように気にかけています。

私は、もともと動物が大好きで、犬がほしいなと思っていましたが、もう散歩ができませんから、いまの私にはメダカがちょうどいいのです。

ひとり暮らしになって三〇年、メダカは卵を産んで世代交代しながら、まだまだ私の暮らしを楽しませてくれています。

植物や動物は、私がエサや水をやらなければ死んでしまいます。その存在は、心に張りをもたらしてくれていますし、何より、私は命を育てることが好きです。どんなに小さくても命を実感すると、心底から温かいものが湧いてきます。

虫眼鏡で自然観察

新聞は三紙取っていますが、隅から隅まで読むのではなく、見出しで気になったところだけを読みます。新聞は世の中の出来事を伝えてくれるので、世の中と接する窓だと思っています。

この中で、わからないことば、気になることばがあると、パッと辞書を引きます。手に辞書がくっ付いていると言ってもいいほど、まめに引いています。面倒などと思ったこともありません。

興味のあるものを追求したり、テーマを持って調べたりすることは、ほんとうに楽しいし、誰に遠慮することもありません。勉強や趣味は、見栄やつきあいでやっても楽しくありません。

ひとり暮らしのよさは、誰にも遠慮することがないということでしょうか。

私は、家のあちこちに虫眼鏡を置いています。「美しいものを見逃すな」と古谷に言われ、それからは、見逃したらもったいないので、虫眼鏡で、なんでもじっくり観察をするようにしてきました。

庭のイヌフグリの花が、春一番でパーッと咲くのですが、あまり小さな花なので、どうなっているか、肉眼ではよくわからない、それで虫眼鏡で覗いてみたのです。すると、凛としたとても素敵な花でした。こんな小さな花がなんて素敵なんだろうと、感動しました。

それ以来、いろんな小さな花を見るのが好きになり、楽しくなりました。庭にやって来る、鳥、タヌキ、蛇などは、オペラグラスで息を凝らして観察します。虫眼鏡やオペラグラスを持っていると、なんて面白いっ！　と、新たな楽しみの発見に、心が弾んでしまいます。

楽しみや喜びは、その気になれば、どこかに出掛けなくても毎日の暮らしの中で、いくつでも見つけられます。この歳になっても、まだまだ知らないことばかりです。

一度、騙されたと思って芽や花を虫眼鏡で見てください。自然の造形美に圧倒されます。美しいもの、力強いものを見ていると、心が弾み幸せを感じられます。

毎日、好奇心を持って、ものごとを見たり聞いたり、わからないことは調べたり、人に尋ねることもします。

好奇心や面白がりの精神は、歳に関係なく、毎日を楽しく過ごすために欠かせないという気持ちで、いつまでも持ち続けていきたいと思います。

常に「私は私」の気持ちで

嫌なことが自分の暮らしにないのか、というとそんなことはありません。でも、愚痴を言ったり、クヨクヨ悩んだりするのに残り少ない時間を使うのはもったいない気がします。

人間関係に深入りしない、何事も無理をしない、一度に多くを考えず、一つのことをこなしていくよう心がけるというのが、私が歳を取ってからいっそう心していることです。

また、何事にも余裕を持つことも大事にしています。待ち合わせの時間でも早めに行き、ひと息いれて、心を落ち着けるようにしています。

気持ちが落ち込みそうになったときでも、「落ち込んでいても仕方がない」

と自分に言い聞かせ、美味しいものでも食べようと、気持ちを切り替えます。お菓子屋さんに行き、美味しいものをみつけると、「私は私の生活をしたらいいのだ、ほかのゴタゴタは関係ない」と自分に言い聞かせることができます。これは食いしん坊ならではの特権かもしれませんが。

気持ちを切り替えれば、落ち込みを深くしないし、嫌なことを引きずらなくてすみます。うまく気持ちのスイッチを切り替えられるように、常に「私は私」に戻ることが平安な心を保つ秘訣です。

感じる心を止めない

私の性格はどちらかといえば、人の前に出るより、一歩退いているほうが好き、自分の話をするより、人の話を聞くのが先。なので、なんだか消極的で暗い性格のような感じがして、自分では好きではなかったのです。歳を重ねるごとに、自分の役割を自覚し少しずつ解放されて、明るいほうに向かって歩くことに慣れてきました。消極的と思っていたことも、逆に「話し上手より聞き上手」になったようです。

常にアンテナを張ることも心がけています。例えば、世の中の動きをウォッチングするだけでなく、自分の気持ちにアンテナを張るのも面白いな、と思います。

朝の散歩で感じたこと、人と話してあっと思ったこと、庭を見てふと思ったこと、新聞を読んでびっくりしたこと、美味しいと思うものに出会って喜んだこと……。

毎日、何かしらありますが、そのとき、自分はなぜそう思ったのか、どこが面白いのか、どうして驚いたのか、あらためて考えてみるのです。

年齢を重ねると、外に出る機会も少なくなります。でも、心は止まっていません。動いています。

自分が、何をどう感じているのか、その動きにアンテナを張りましょう。自分を客観的に見つめる目を持つと、自分をもっと面白がれるようになります。

人は、みな過去を背負って生きているけれど、生きるのは過去ではなくて、いくつになっても、いまこれからです。せっかく生きているのです。よく見て、よく聞いて、よく考えて、味わっていかなければ、せっかくの自分の人生、もったいないでしょう。

第2章

食いしん坊は元気の素

食べたいものを食べなきゃ損！

この歳まで、ひとり暮らしを続けてこられたのは、私が健康にめぐまれたのがいちばんの理由でしょうか。もう七〇年も前のことになりますが、戦争中には電車、バスなどほとんど動いていませんでしたので、若かった私はほんとうによく歩きました。このときに、体力が培われたのでしょうか。

もともと丈夫な身体だったのかもしれませんが、これまで病気という病気をしたことがありませんし、戦争中には、十分な睡眠も取らずにあれだけ働いて生き抜いてこられたということが、ずいぶん自信につながっています。

戦争中、美術評論家の富永次郎さんが、古谷の留守宅を、時々見舞ってくれたのですが、「吉沢さんって、この食料がないときに、どうして痩せないんだろう？　何か陰でつまみ食いでもしてるんじゃないか」と、言われたくらいです。

子供の頃のあだ名は、「キューピー」。あの人形のように丸々とした体型の女の子でした。いわゆる年頃になれば少しは痩せるものなのでしょうが、私は相変わらずで、周囲からは「あんぱん」と呼ばれていました。いまは、太ることが罪悪のように言われますが、少しぐらい太っていたって、健康に問題なければいいのだ、と思います。

といっても、特別に健康を重視して何かしているわけではありません。数年前から月に一度健康診断を受ける程度ですが、七十代に入った頃から、これからも働いて暮らしていける身体を作っておくことが大切だと考え、毎週鍼に通い始めました。もともとは国文学の先生で、私は文学者として知り合ったのですが、独学で東洋医学を学ばれ、治療を始められた方でした。その先生が亡くなられてからは、月に二回、指圧を受けています。健康維持でやっていることといえば、これくらいです。

あとは、健康とは、ただ単に身体が動くことだけではありません。頭も回らなければなりません。そのためには食事をしっかり取ることが、いちばん大切、と思っています。

普通の生活の中で、昔から日本人が食べてきたものを食べればいいし、足りないものがあるとすればカルシウムで、それには牛乳を補えば十分だと思います。

いまとなっては、あと何食食べられるかわかりませんから、食べたいものを食べなければ損だと思って食べています。

それは贅沢なもの、高価なものを食べたい、ということではなく、焼きそばでもラーメンでも、いまはやりのB級グルメでもなんでも、いま食べたいと思うものを食べてみたいのです。

三月のある日、九州から初筍が送られてきたので、夕食にさっそく筍煮を作りました。おかげでまだ三月なのに、春の香りと味を楽しむことができました。

私は、いまは健康ですが、いつどうなるかわかりません。どうなるか知れないことを不安がるより、ただ、当たり前の生活がどれほどありがたいかを感じて、普通の暮らしを続けることがいちばん大切だと考えています。

「気にしない」のが健康法

健康に対する関心がもっとも高いのは、定年を迎えるくらいの年齢の人たちでしょうか。ちょうど、仕事も一段落、これからの老後の暮らしに備えて、自分の身体に関心が行くのは当然のことですね。

しかし、周りから、「これをしなかったら」身体がダメになる、膝が痛くなる、足が動かなくなる、眼の疲れが取れなくなる、などといろいろ言われているのがいまの世の中です。

そうやって言われてみると、自分は健康だと思っていても、もしかしたら違うかもしれない、と思ってしまいがちです。そのためサプリメントに走る人も多いですね。TVのコマーシャルも、健康食品、健康器具関連がさかんです。

私はそれよりも、きちんとした食事をすること、家事をふつうにこなして当たり前に暮らすことをいちばん大事にして、今日まで暮らしてきました。「こうするといい」ということだけに頼ると、自分で考える能力を少しずつ削ぎ落としていくことになります。ことに、歳を取っていくほど、自分の健康をどうするかを自分で考えることが必要ではないでしょうか。

私は、病気を持っているわけではありませんが、歳を取ってくると身体はギクシャクし、さまざまな変化が出て、何かしら不都合なことも起きてきます。例えばヘルペスにかかる、腕が上がらない、肩が痛い、血圧が高くなる、腱鞘炎になる、膝が痛い、足が痛い……など。

でも、これも私は身体のシグナルだと思って、あまり深刻に受け止めないのです。歳を取れば、何かしら身体に変化は起きるものですし、仕方のないことだと思います。これは我慢するというのではなく、痛ければもちろん治療していますが。

不安がないわけではありませんが、あまり「健康によい」ということばかりに気を配るのはやめたいと思うのです。

これは私の性格にもよるのでしょうが、この歳になれば、どこか痛いところがあるのは当然なのだなと、さほど深刻にならず、大して気に留めません。あまり気にしないというのが、自分では、もっとも良い健康法だと思っているのです。

それに、健康というのは、本人にしかわからないこともあります。健康を損なった人に、周囲がどんなにアドバイスしても、本人が自分でなんとかしようという気持ちにならないと、立ち直ることはできません。

自分を助けられるのは、自分しかいないのではないかと思っています。ですから、私は、ちょっと風邪をひいて寝こんだとき、足が弱くなったときなど、自分で自分を奮い立たせ、「自分を助けるのは自分しかいない」と言い聞かせて、どうするのがいちばん効果的か考え、実行することにしています。

心身が弱っているとき、食べたいもの、美味しいものをイメージするのは効果的です。

私の関心は、まず美味しく食べること。これはどう食べたらいいのか、どうやったら美味しくなるか、どうしたら無駄なく食べ切れるか、もっと美味しい料理法はないかなどを考えています。

健康を作っているのは、食べものです。食べることをなおざりにしていると、いくら身体にいいと言われるようなものを飲んでも、身体は動いてくれないし、頭も回らないのではないか、と思うのです。

なんと言っても、これまで元気で生きてこられたのは、健康という資本あってのものですから、これからも、食べることを大切に考えていきたいと思います。

戦争中の食を振り返って

こんなに食いしん坊な私ですが、あの戦争の間や戦後すぐの頃は、食材が手に入らず、日記に、「いま食べたいもの」を書き連ねていました。そうすると、ふっと豊かな気持ちになれました。あの時代も、料理は私の心の足しになってくれていたのです。

「いちばん食べたいのがエビの天ぷら、甘い上生菓子、焼きたてのまだ熱いあんぱん、二十世紀梨、歯にしみるような甘酸っぱいカリカリのリンゴ、生アンズ、マスカット、夏ミカン、ゆで卵も食べたいな、そう、まぐろの握りずしを、おすし屋さんの大きな湯呑みで熱いお茶といっしょに口に入れてみたい。そんなことを考えていたら、おなかがすいてきた。早く寝よう」

食べることは、娘時代から何より好きでした。妹と一緒に暮らしていたときは、食事はもっぱら、私の担当でした。妹が結婚したあとの戦争中は、古谷の弟・綱正さんと、その同僚二人と共同生活をすることになり、食事はもちろん、洗濯や掃除まで家事全般を私が引き受けていました。

あるとき、綱正さんが連れて来たお客さんが、もうめったに手に入らなくなっていた肉や卵、砂糖、サラダ油を持参してくれたときは、「わあ、嬉しい！」と、それまで気持ちが沈んでいたのが、たちまち元気になりました。

そのときは、庭のニラを取ってきて肉と卵の炒めもの、白いご飯を炊き、おつゆは溶き卵を流し入れた「むら雲汁」に木の芽を摘んで浮かして、とっておきの奈良漬を添えたら、みんな大喜びでした。

戦争中に勤めていた会社で宴会があるときなどは、料理担当はいつも私。昭和二十年（一九四五）五月五日の会社の宴会で、二〇人分の料理を作ったことが日記に記されていました。食べもののないときによく作ったものです。

「豚肉があったのでトンカツにしようと思ったがパン粉がない。家から小麦粉を持参したので天ぷらの衣みたいなものを作って揚げた。卵を余分にしたのでそこそこの味。量が足りないので切り分けて盛り付けた。焼き魚はニシンと塩鮭、ウドの酢みそ、ふきの煮つけ、きんぴらごぼう、田芹の胡麻和え、持ち寄り野菜の残りと鮭の頭とカマに酒粕と胡麻味のごった煮汁。食べる頃には草臥《くたび》れて眠くなったが、一生懸命作ったものを味わった。でも、料理をしているときは楽しい」

食べもののない時代でも、いろいろと知恵と工夫を働かせてきたのがわかり、我ながら面白いと思ってしまいます。そして、どんなときでも、私は食べることが好きだなあ、とこの日記を読み返すとつくづく思います。

いまは、なんでもある時代、戦争中とは違う、と思われるかもしれません。でも、現代のように十二分に食べて、ダイエットに励んでいる日本人は、呑気すぎるかもしれないと思います。もし、地球の異変でもあって、食糧を輸出している国が自国の国民の食を賄うために精一杯で外国に売れない、などということが起こったら、日本人はどうなるのだろう。そんなことまで考えてしまいます。

そして何より、食べることとは、知恵であり生活文化です。それを引き継ぎ、考えることが大切だと、私は思います。

いま、我が家の庭の一坪ほどのスペースは畑にしています。食べもののなかった戦争中の経験があるので、畑作りは年季が入っています。いまは畑作りは楽しみとして、夏はミニトマト、キュウリやバジル、秋は小松菜や春菊などを植え、収穫の喜びを味わっています。

自分らしいリズムを保つ

長年住み慣れた家だから、夜中でも電気もつけずに歩けると威張っていたのに、ある夜、とんでもない失敗をしました。

翌日の外出に必要なものを入れたカバンを食卓の足元に置いたのをうっかり忘れたのです。夜中、喉が渇いて番茶が飲みたくなり、台所へ行こうとして、そのカバンに躓《つまず》き、いきなり倒れました。胸のあたりに異様な痛みを感じたのですが、大して気にも留めずに、お茶を飲み寝てしまいました。

翌日からだんだん痛みが激しくなり、左手が動かしにくく、右胸も痛みはじめ、ただごとでない不自由さに、すぐ近くの整形外科に行きました。院長先生の診察日で、先生は私を見るなり、「転びそうな体格だな」と言い、そして、肩や胸の骨にヒビが入っていたことを説明し、週一回の通院となりました。

ようやく痛い肩のほうに寝返りが打てるようになるまでの三ヵ月間は、「日常生活はひとりでできても、まだまだ自分に甘い」と思うことが多くありました。

それは、食事のときにきちんとお茶碗や小皿を並べ、箸置きに箸をのせ、といった自然にしていた「お膳立て」を省略しがちになった、一つの器でいっぺんにいろいろなものが食べられるお雑炊を作ることが多くなったことなどです。手も胸も痛いのだから仕方がない、と無精を決め込むことが、しだいにラクになり、快適にさえなってきたりしたのです。

こうした自分の姿を客観的に見ると、「人間の食事はヒトだけが持つ、他の動物にはない生活文化で、それを失ったら食事はエサになってしまう」ということでした。この文化を、そんなに簡単に崩してはいけないな、とそのとき私は思いました。

それともう一つ、やっぱり、自分のリズムを維持することの大切さを感じました。そのリズムをラクだからとか、手や胸が痛いのだから仕方がない、などと理由をつけて、無精になったりしてはいけないのだな、と思ったことでした。

生き物にはリズムがあります。庭に来る小鳥を見ていても、スズメは土の上で何かをついばんでいるのですが、こちらが気忙しくなるようなほどせっかちに動きます。とりわけ落ち着きのないのがウグイス。ほんのいっときの訪問で、少しもじっとせず、低い木を飛び交って、すぐに隣の庭に行ってしまうのです。でもこれが小鳥たちのリズムなのでしょう。

私たちも、自分のリズムの中で、生きなければならないのでしょうね。この怪我から、本来は「怠け者」かもしれない自分と出会えたことは、まさに怪我の功名、痛さはありましたが、自分にとっていろいろと面白い体験でした。

「日ぐすり」と言われるように、日いちにちと治ってくると、元気でない私は、やっぱり私らしくないのだと納得し、また自分らしいリズム、食事のお膳立てに戻すことができました。

〝笑い〟は日々の薬

生まれて初めて、ＭＲＩの検査を受けたことがあります。そのとき、診断してくださった脳機能生理学者の加藤俊徳先生から、こう言われました。

「脳がイキイキとして楽しそうだなあと、画像を見て思いました。脳に幸せ感が満ちているのです。四季折々の変化を五感で受け止め、人と会ったら、そのことばに新鮮な驚きや好奇心をもって耳を傾ける。そんな毎日を送っていらっしゃるのではないですか。というのも、五感にかかわる部分の脳がとても元気なんです」

そういえば、私は人のお話を聞くのも、庭を見るのも、美味しいものを食べるのも大好きです。でも、私の場合は、ただ見るだけでは終わらないのです。見て、面白いと思うと、本で調べたり、人にお聞きしたり、美味しいと思えば、どうやって作るのかしらと考え、その味を気に入りそうな友人のことを思い浮かべて連絡することもあるのです。

このようになんでも面白いと思うようになったのは、七十歳くらいからだったでしょうか。

あるとき、庭の松の木にカラスが巣を作りました。それを見ていて、ふと、「カラスの行水って、どうして言うんだろうと思い調べてみたのです。そうしたらきれい好きで、毎日水浴びをするということがわかりました。でも水浴びの時間がとても短いとのこと。野鳥の会の方に聞きました。そうだったのか、面白いなあと嬉しくなり、カラスの観察が、さらに楽しくなりました。

さらに、ＭＲＩ体験から、もっと科学が発展していったら、人間のこまやかな感情の動きまでも機械で読み取られるようになるかもしれない、それは人間社会にどんな結果をもたらすのかしら、などと考え、しばらくはそんな空想から離れられませんでした。

たとえ、いまがいくら健康だといっても、いつどうなるかわかりません。朝起きると、どこが痛いとか、今日は足がおかしいなどと、毎日健康のことばかり心配する人がいますが、私には、そうしたことをいちいち気にすることがありません。

いつか、鎌田實先生と対談したときに、先生は日々笑って暮らし、愉快に暮らしていると、身体にそういうホルモンが出て、健康にいいのですよ、と言ってくださいました。それで、私はあまり細かいことは気にせず、楽しく暮らしていればいいのかな、と思ったのです。

同じ一生を生きるとしたら、歳を取って、しかめっ面して生きるより、ニコニコして暮らしたほうが、毎日がずっと愉快で、面白く過ごせますから。

夕日が沈んでいくのを心ゆくまで眺めたり、小鳥やカラス、タヌキを観察しながら、これからも暮らしていきたいと思います。

今日は何を食べようか?

朝起きると、「さあ、今日は何を作って食べようか」と考えるほど食いしん坊です。結婚してからは、集まるお客さんも多く、いつ誰が来ても、サッと酒の肴が数品用意できるようになりました。当時から、食費と交通費は十分に使おうと割り切っていましたが、いまのひとり暮らしの食卓でも、野菜・魚・肉なんでも手をかけて、無駄を出さず、食べ切って、おろそかにすることはありません。

ひとり暮らしの食事は、自分ひとりのためだからあまり作る気にもなれない、という人がいますが、ちょっと視点を変えると、自分が食べたい料理を自分のために作る、と考えればやる気になると思います。まずは、食べたいな！　と思うことから始まります。

ひとり暮らしの料理は、いっぺんに何品も作ろうとしないことです。私は、ちょこちょこと、少し味を濃いめにした、冷凍の利く保存食を数品いつも作っておきます。そして、毎日はメインのおかずだけを作ればいいようにしているので、料理にそれほど時間もかかりません。

毎日のメイン料理といっても、私のはステーキや刺身ではありません。鮮度のいい野菜、豆、豆腐、がんもどき、といったものなのです。とくに野菜は、地方から届くものが多いので、鮮度が落ちないうちにどうやって調理しようかを考えます。

献立をたてるのも好きですから、無駄なく繰り回して食べることを考えていると、料理のイメージがどんどん湧いてきて、ワクワクしてきます。

私が食事に一生懸命になるのは、大切な命を支えるものだからです。おろそかにしては、自分にツケが回ってきます。

経済事情が不安定になり、食費を削るお宅もあるようですが、頭をたくさん使ってお金はあまり使わないことで、切り抜けられるでしょう?

旬の出盛りのものを上手く繰り回して、時には冷蔵庫の棚下ろしをかねて、無駄なし料理を作るのも楽しいですね。忙しければ、暇なときにまとめて作り置きできるおかずを作っておくなど、家族のため、自分のため、ほんの少し丁寧に作るのが食生活の基本だと思っています。

私の食への思いは、食べたいものを作り、命を支え、身体を喜ばせる、これだけです。そのために、食べものへの真剣な向き合い方ができるのかもしれません。

私は家族と一緒に暮らしていたときは、家族のために毎日料理をしました。ところがひとりになって半年くらいは、料理に手をかけることをしなくなってしまったのです。長い間ひとりで台所仕事をし続けた反動だったかもしれません。でも、半年もすると、かつて食卓に並んだ「私の料理」を、無性に食べたくなったのです。

マカロニサラダ、卵焼き、柿とこんにゃくの白和えなど、なんでもないお惣菜です。毎日作ってきたお惣菜、慣れた自分の味、それをとても食べたくなりました。それからは、自分のために料理をするようになりました。

ひとり暮らしでなくても、家族の目や舌、胃袋を喜ばせるための料理は、創造性が必要ですし、想像力も働きます。献立、包丁の扱い、茹で加減、焼き加減、そして段取りと、頭を使わなければならない仕事です。これほど、頭も身体も動かして若さを保てる家事仕事がほかにあるでしょうか。

食いしん坊は、好奇心が強い！　ほかの家事は少々手を抜いても、料理だけは大切にして、いつまでもしっかりした頭と心を保ちたいと思います。

料理の基本はこれだけ

だし

せっかく作るなら美味しいほうがいいに決まっています。味の決め手はだし。わかってはいても、なかなか……という方もいらっしゃいます。でも、一度覚えておくと、あとは簡単です。

だしの基本は、昆布。これは、10cm角に切って保存ビンに入れておきます。鰹節は真空パックになったもので十分です。

大きなお鍋に水2ℓと昆布2枚を入れ、2〜3時間浸しておいて、弱火にかけます。昆布から旨味が出たら、鰹節40gを入れて火から下ろし、鰹節が沈んだら、ザルにキッチンペーパーを重ねて、濾します。保存ビンに入れて、冷蔵庫へ。長く持たせたいときは、小分けにして冷凍を。

使い切り野菜

鮮度のいい野菜を無駄なく食べるための知恵です。野菜はうっかりすると、冷蔵庫でも傷めてしまいがちですので、食べ切るようにします。

キャベツを丸ごと買ったら、上下に切り分け、上の葉のほうは、千切りでコールスローやサラダに、またはつけ合わせに。下は炒めもの、スープ、焼きそば、浅漬けなどで食べます。

冷蔵庫に野菜がほんの少しずつ余ったら、鉄火味噌を作ります。ゴボウ、ニンジン、レンコンなどの根菜は千切りし、油で炒め、味噌と砂糖を加えて練り上げます。常備菜の一つになり、ご飯がすすみます。

トマトの季節には、熟れすぎたトマトをジャムにします。

保存の知恵

野菜は茹でて冷凍庫に入れると日持ちします。例えば、菊花は、酢を入れた湯でサッと茹で、ぎゅっと絞って冷凍します。

生シイタケはそのままそぎ切りにして、冷凍。煮炊きものに入れると、ふっくらします。

豆腐などは湯通しすると、少しは日持ちします。また、酒を使うことも保存法の一つです。炒り鶏などたくさん作ったときは、翌日に少量の酒を振り入れてサッと炒めなおすと、傷みにくくなります。

ひとり暮らし、二人暮らしの小家族の台所を預かる人は、覚えておいてくださいね。

思い出の味

お餅

幼い頃のお正月は、とにかく何もかにも楽しかったのです。いい着物を着せてもらい、お年玉をもらい、羽根つきやかるたをし、遊びほうけていても叱られない、ふだんは食べることのないご馳走もありました。大好きなお餅もありました。でも、揚げ餅は、厠《トイレ》の神様にお供えしたものも一緒に揚げるのがいやで、揚げ餅は好きですけれど、あれだけは食べませんでした。

食べものについて狭いレパートリーの中で育った私が、世の中には美味しいものがこんなにたくさんあるということを知ったのは、働き始めてからです。

その頃、さる料亭で覚えたのが、切り餅を一個のまま揚げて、大根おろしをたっぷりのせた一品。お正月料理に出ました。初めてそういう食べ方を知って、しばらくは毎日でも食べたいと思いました。

現代では、いつでも食べられるものが多すぎて、かえって〝食べたい〟と思うものが少なくなったような気がします。

白菜鍋

この鍋料理を覚えたのは、寒中でもストーブの入っていない夜学の教室。速記者として働きながら、栄養学校に通っていた大昔です。

栄養学校での学習と実習、どちらも一生懸命勉強したつもりでしたが、どちらかといえば、実習のほうが、後で試食できるので何より楽しかったのです。

ある日の中華料理の実習で習ったのが、白菜鍋。講師は日本名を渡辺玉膳という中国人の先生でした。先生から、中華料理はこの鍋一つでなんでも作るのだからと、中華鍋の手入れの方法から教わりました。そして、白菜鍋に使う錦糸卵を作ってみせてくださいました。鍋肌いっぱいに溶き卵をさっと広げて、大きくてきれいな薄焼き卵を作る腕前、私はその見事さに感動して、自分でも挑戦してみたいと思いましたが、戦時下の当時は卵など買えませんでした。ストーブのない寒い教室で、真冬に食べさせてもらった白菜鍋の美味しかったこと。アルミのボウルで食べるので、熱くて持てず、手袋をはめて食べたことを思い出します。

ウドの皮のきんぴら

祖母に連れられてお寺さんに行った記憶の中に、ウドが出てきます。多分何かの法事でもあったのでしょう。大きな部屋にたくさんの人がいて、各人の前に小さなお膳が並んでいました。幼児向きのお膳など用意されていないので、祖母のお膳から、白い棒みたいなものをつまんで口に入れたことをかすかに覚えています。それがウドを甘く煮たものだったらしく、食べているうちに苦くなり口から出してしまったようでした。それは、誰かに聞かされた話ですが。

それ以来なんだかウドは苦手になり、ずっと食べなかった私も、戦争中の東京では、手に入ればウドでもありがたく、いろいろと工夫して食べました。ウドは筋っぽくて、皮を厚くむかなければ美味しくないので、食べた後に皮が多く残る。これも食べなければと、乏しい油を使ってきんぴらにしたら、なんとも美味しいのに驚きました。思いがけない発見に、何十年も過ぎたいまも、ウドの皮のきんぴらは、私の「もったいない料理」の筆頭になっています。

トンカツ

日が長くなると、夕食のしたくが遅くなります。こんな季節、お腹が空いて急に食べたくなるのがトンカツです。幼い頃にはめったに食べさせてもらえませんでした。揚げ物といえば、精進揚げしかなく、カツやコロッケは肉屋さんに買いに行く、特別なおかずでした。

西洋皿と呼んでいたお皿を持ち、買いに行くのは私の役目で、刻みキャベツと一緒に盛り付けてもらい、風呂敷にしっかり包んで、お皿が傾かないように持って帰るのは、小学生にはなかなか難しかったのですが、私はカツが食べられる嬉しさから、一生懸命に持ち帰ったのを覚えています。

薄いカツでしたが、それにたっぷりとソースをからませ、何杯もご飯を食べました。ソースはウスターソースだったのでしょうが、それをかけると、キャベツだけでも西洋のにおいがありました。

このお使いを言いつけられると、私は嬉しくて、片手にお皿を包んだ風呂敷と、片手にお金を握りしめて、踊るような足取りで肉屋さんに急ぎました。

いまは、トンカツも天ぷらも家では作らず、お気に入りのお店でいただくのを楽しみにしています。

（大好きな春夏秋冬のおかずレシピは一九四ページを参照）

大好きなお取り寄せ

幸せなことに、我が家には、各地の美味しいものが集まってきます。ひとり暮らしなので、とても食べ切れません。そんなときは「お福分け」をします。頂きものをどなたかに差し上げることを、お裾分けといいますが、「裾」より、美味しい「福」を分けるほうが言葉の響きも美しいでしょう。古谷を可愛がってくれた伯母様から教わりました。

私は、自宅に居ながら、故郷の名産品や、折々に心に残った美味しい食べものをいただくことができる〝お取り寄せ〟もしています。お取り寄せは、自分の生活の潤いでもあり、私の大きな楽しみのひとつなのです。また「これぞ」と思う品を、全国の友人たちに送って喜んでいただくのも、私の楽しみ、喜びです。

（大好きなお取り寄せのリストは二〇七ページ参照）

第3章

寄りかからない生き方

私からあなたへ

仕事を辞めなかった理由

五十代後半から六十代半ば過ぎ頃まで、私は姑の介護をしながら、気難しい夫の日常生活一切を取り仕切る主婦を続けていました。一方で仕事もしていましたので、かなりきつい毎日でしたが、辞めようと思ったことは一度もありません。

当時は、三人家族の暮らしの一切が私にかかっていたともいえる状況でしたので、あれもしなければ、これもしておかなければと走り回る、ともかく忙しく懸命な毎日でした。

そんな日々で、時間のゆとりもありませんから、外での仕事も日帰りのものしか引き受けられず、宿泊を伴う仕事はお断りするしかありませんでした。

専業主婦にならなかったのは、家計のこともありましたけれど、家事以外の「自分の仕事」を辞めることがいやだと思っていたからです。

戦争中、仕事がないときに、女の暮らしについて勉強しようと思い、地方に出かけ、村のおばあさんたちに躾や生活などについて聞き取りをしたことがありました。

そのとき、裕福なむかしの庄屋の奥さんから鶏を飼っている話を伺いました。「これが私の帆持ちです」と奥さんは言うのです。「帆持ち」とはお小遣いのこと。

卵を売り、それが奥さんの小遣いになるのです。豊かな庄屋という家の奥様でも、自由に使えるお金はなく、買いたいものは夫にお金をもらって買う、それが当時のふつうの女の生活だったのです。

昔は女が自由に使えるお金を得るためには、工夫と働き口が必要でした。主婦のパートタイムというような仕事はありません。現代はもちろん違いますが、当時の私は、女も働かなければ自分がやりたいと思ったことができない、と考えていました。

ずっと後のことですが、このとき出会った村のおばあさんたちの、さまざまな暮らし、そこで見たこと、聞いたこと、教えてもらったことが、私の仕事の大きな力になりました。

早くに芽生えた自立心

高等小学校を出て、すぐに働き始めましたから、私は十五歳から働いているのです。昭和七、八年のことです。

両親は、私が生まれて間もなく離婚しましたが、父は仕事の関係で北海道にいて、私は、母と一緒に東京で暮らしました。

けれど、離婚しても経済的には父の世話にならなければ生きられない母を嫌悪する気持ちが強く、自分は母のようにはなりたくないと思っていました。

いま振り返れば、あの頃は、女が働く場所などありませんでした。女の職業といえば、電話交換手、教師、看護婦、事務員などですから、主婦が急に働くといっても無理だったことはよくわかるのですが、幼かった当時の私は、それを受け止められず、母のようにはなりたくないという思いから、早くに仕事を持ち働き出しました。言ってみれば、若くして精神的に自立したということでしょうか。

事務員としての勤務先は、親戚の知人が紹介してくれた時事新報社の中にあった財団。この職場は、社長の武藤山治氏が設立した財団です。仕事は、欠食児童にお弁当を配り、工業高校へ行く生徒一〇人に学費の支援をするのが主でした。

そこには、もと鉄道院事務次官で、戦後、日本出版協会会長を務めた石井満氏がおられ、もう一人の事務の方と三人の職場で、私は働き始めたのです。

石井先生は、『新渡戸稲造伝』『逞しき建設――主婦の友社社長石川武美氏の信念とその事業』などの著者で、執筆もしておられたので、その手伝いもあって、私に「速記を習わないか」と勧めてくれました。

お勧めに従い、仕事が終わった後、速記と、仕事に必要だったタイプライターを、飯田橋の学校へ通って身に付けました。

このときの石井先生の勧めは、いまの私の自立への道を開いてくれたと言ってもいいと思っています。

時事新報社で働いているだけだったら、単に事務職で終わっていたのかもしれません。けれど、速記という専門技能を身に付けたことで、親に寄りかからず暮らしていけるようになり、私のその後が大きく変わっていったのです。

専門技能を身に付ける

私が速記者になった、昭和十年頃は、働く女性もほんとうに少なく、そのうえ専門職として、女性が社会で活躍することなどほとんどなかった時代です。

速記ができるようになると、石井先生は私に、財団以外の仕事をしても構いませんよ、と言ってくださり、石井先生ご自身の口述筆記や、その他の方々の座談会、講演会などの速記も引き受けるようになりました。

こうして、時事新報社財団の職員として欠食児童に給食を配るなどの仕事だけではなく、速記の仕事も引き受けることが可能になったので、収入も増え、自立への道もどんどん開けていったわけです。

早く母のもとから巣立ち、自立したいとの強い思いがありましたから、財団からのお給料に加えて速記者としての収入で経済的な基礎ができ、この頃には、心身ともに自立していたと思います。

私はその頃、青春真っ只中でした。仕事は楽しかったけれど、ほかにもいろいろと興味を持ち、エスペラント講習会に参加したり、詩を書いて同人雑誌を出したりと、若いエネルギーを発散させていました。

ちょうどこの頃、エスペラント仲間のひとりの医学生と知り合い、彼と将来結婚しようという気持ちを持ったのです。

彼は卒業と同時に軍医として入隊し、中国へ出征して二年後に戦病死してしまいました。若くして亡くなった彼がやり残したことを、少しでも引き継ぎたいという気持ちが私にはありました。

それで予防医学としての栄養学なら、私にもできると思い、栄養学校で勉強しようと思ったのです。戦争中の当時、栄養学校が次々に作られていて（炊き出し要員を養成していたのかもしれません）、私は東京栄養学院に入り、そこで初めて実習の時間に料理を習いました。

速記の仕事のおかげで学費が出せるようになっていましたから、昼は学校、夜は速記の仕事をすることにして、一生懸命に栄養学の勉強をしました。

敗戦の街で思った「働こう!」

すでにアメリカとの戦争が始まっていて、日常の暮らしにも戦争の影が強くなってきている頃でした。

そんなときに、後に結婚することになる古谷と知り合いました。

古谷が、初めての講演準備のための口述筆記をしたいと、友人を通して速記の仕事を頼んできたのです。それをきっかけに古谷から速記の仕事をいろいろと頼まれるようになりました。私がまだ財団に勤めながら速記者をしていた頃です。

その後、一〇年間勤めた時事新報社の財団を辞め、独立して速記者として生活するようになってゆきました。

その頃のフリーランス速記者という身分は、きちんとした勤めとはみなされず、どこかに所属しているとか、肩書があるとか、誰かの奥さんであるなどの立場の者でないと、動員されて、軍需工場などで働かなければなりません。それで私は、速記の仕事で縁があった鉄道教科書を作る会社に所属し、フリーの速記仕事もするようになりました。

昭和十九年に、古谷に召集令状が来て、住んでいた杉並の一軒家を空き家にしておくわけにもいかないと、その頃には古谷の秘書のような仕事もしていた私が留守宅を預かり、その一軒家で暮らすことになりました。

最初はひとりで暮らしていましたが、寮を焼け出された、古谷の弟・綱正さんとその同僚二人が同居することになり、四人で共同生活をするようになりました。

私が付けていた日記に、昭和二十年三月九日の夜から十日にかけての東京大空襲の記述がありました。

「空襲の翌朝に、家を出て、会社に行こうと駅まで行ったら、電車が不通だというので、都電を待って待ってようやく電車に乗り込んで新宿まで行った。山手線が動いているというので新宿駅に入ろうとしたら、駅は大戸を閉めていた。定期券を持っているものは入ることができ、中央線は動いていたので、ここで待って待ってやっと乗り、あちこちで止まりながら、神田須田町の会社に辿り着き、屋上にのぼって昨夜の焼け跡を見た」

と、書いてあります。

昭和二十年、私は二十七歳。戦局が悪化していき、生活するのも大変な東京に留まり、共同生活での家事一切を引き受けながら、速記者として会社の仕事もやっていました。

そして八月十五日、敗戦の玉音放送を街で拝聴しました。そのときのことをこう日記に記しています。

「時報、つづいて、玉音をきく。ひとびとは粛然と頭を下げ、一瞬、街はしずかなこと、むしろさまざまの思いが胸にみちる。

一語、一語、玉音は心にしみわたり、涙が頬を伝う。今後ほんとに一所けんめいに、とにかく日本人同士の争うことのないように働かねばならぬこと、胸にしみて思う。働こう」

結婚して変わった暮らし

速記の仕事をしながら、戦後復員した古谷の秘書としても働きました。その後、三十二歳のとき、古谷と結婚しました。古谷とは歳が十歳離れていますし、彼は「女性評論」という立場で、私を見ていたでしょうから、大恋愛の結果というう雰囲気ではなかったでしょう。どちらかと言えば、私がいると、いろいろと便利で仕事や生活の役に立ったからだろう、と思っています。

結婚しても、速記の仕事はやっていましたが、古谷のところに来られる方々に、私の作った料理を出しているうちに、「この料理は美味しいから、料理について書いてくれないか」という依頼があり、『名古屋タイムズ』に初めての新聞記事を書きました。

私は、育った家庭も、独身のときも、お金持ちではありませんから、自分が食べたいというものを十分に食べられませんでした。食べることが大好きで、それで料理に興味を持ち、自分で作ってみて、だんだん腕が上がってきたようです。

それが、次第に新聞、雑誌へと広がっていき、テレビの料理番組の司会までするようになり、当時はこうした仕事をする方があまりいない時代でしたので、なんとはなしに「私の仕事」として認められるようになってきました。

仕事は「速記」から、自身で「原稿を書く」ことへと変わっていき、テーマも料理だけではなく、家事全般に広がっていきました。

『東京日日新聞』にいた友人の勧めで、料理だけでなく家事全般について連載することになりましたが、新聞連載にあたっては、日本では著者に何か肩書が必要だからということで、彼女が「家事評論家」とつけてくれました。

家事全般の記事を書くこととなったのも、古谷との生活から生まれた知恵や工夫がもとになっています。

例えば、あの頃はまだ絵画など何も買えませんでしたので、ちょっと壁に額が欲しいなと思うと、泰西名画を切り取り、裏からテープを貼って掛けておく、拭き掃除のとき、新しい水で雑巾を何枚も一度に絞っておき、次々に使ってからまとめて洗うほうがきれいで効率的であるなど、ふだんの自分の暮らしから学んだことが役に立ち、それを記事にしてゆきました。

勉強したい！

夫婦共働きでしたが、私は家事一切を引き受けていましたので、時間のないなか、どうしたらうまくゆくか、手早くするにはどうしたらいいのかなど、常に自分で考えながら取り組んでいたことが、ヒントになったのです。

また、古谷は知り合った若い人を、気軽に家に連れてくることが多かったので、家には人の出入りが絶えず、その人たちの分まで食事を作ることなどにも、私は一生懸命でした。

あるときふっと、これまで積み重ねた経験を原稿にして提供するばかりでは〝貯金がなくなってしまう〟、新しい知識や経験の仕入れもしなければ痩せてしまう、という焦りにも似た思いが出て、気軽にいつでも勉強しに行くことができ、私にとって新しいことを学べる場が欲しいと考えるようになりました。

自分では自立しているつもりでいましたが、実際には主婦業に時間を取られ、仕事の充実感が減っていくことで、自分の中の「自立した人でいたい」という思いが崩れそうになっていたのかもしれません。

そんなときたまたま、ラジオで戸川エマ先生との対談チャンスがあり、その話をしたのです。すると、「じゃあ、一度文化学院にいらっしゃい」と言われ、すぐに学院創設者の西村伊作先生に紹介していただきました。

先生と話をしていると、「君、映画は一週間に何度観るの？」「そんなに観る時間はありません」と言うと、家庭を持って仕事をするのは大変だから、「映画を観るつもりで来たら」と言ってくださったのです。

仕事と家事の間に時間を作り、二年間通い、いろいろな方の話をじかに伺い、本を読み、学ぶ機会をいただき、ようやく気持ちの充足感を得られ、主婦の仕事と自分の仕事のバランスを身に付けたように思いました。

束の間の〝ひとり〟で気分転換

姑の光子と古谷を順に見送り、六十五歳でひとりになったときには、ふっと解放された気持ちになりました。私は夫のことを「封建的フェミニスト」と呼んでいました。自分では女性も働くべきだと主張しながら、家ではお茶一杯入れず、すべての世話をしてもらいたかったわけですから。

例えば、外出先から帰ってきた古谷が、出先の家で柿をご馳走になった話をして、「あそこの家でご馳走になった柿には種があったよ」と言うのです。私は家ではきれいに種を取り出していたので、それが当たり前だと思っていたのでしょう。

また晩年の古谷が、「ワイシャツの糊がきいてピシッとしたのは、硬くて嫌いだ、家で洗ったほうがいい」と言うので、家で洗った糊なしのシャツを着せました。お酒を飲みに出かけた先で、友人に、「古谷君は奥さんが働いているから、クシャクシャのシャツを着ているのか」と言われたと話すのです。私は古谷の好みに合わせて、家庭で洗濯した糊なしのシャツを着せたのに！「どうして糊のない柔らかいシャツが自分の好みだって言わないの⁉」

古谷は小さい頃は、専属の教育係がいるような環境で育ちましたから、誰かが何かをしてくれるのが当たり前だったのです。

こんなワガママで勝手な夫でしたが、女性が働く場も少なかった時代、「女も仕事を持ったほうがいい」と言ってくれた気持ちはありがたかったと思います。

家事と仕事をこなした、こうした日常が続き、家の中でも外でもひとりになることはまったくと言っていいほどありませんでした。

外で仕事をして、帰るやいなや主婦業が待っています。自分の仕事のことを考える時間すらなく、忙しさだけで毎日が過ぎていきます。

なんとかひとりになりたいと思ったときは、あてもなく電車やバスに乗って、ほんの二～三時間家に帰るのを遅らせることが何度もありました。バスに座り、外を見ているだけで、気分転換ができ、自分の考えをうまくまとめることができたのです。

ひとりになるまでは、このように少々古風に、姑や夫に仕えた生活でした。

人生は定年後からが長い

六十五歳から私はひとり暮らしを始めたわけですが、その頃から考える余裕も出てきました。それまでの私の仕事は、暮らし全般の、いわゆるハウツーの仕事が多かったのですが、ひとりになって後に、『朝日新聞』で「老いじたく考」を連載したことが、大きな転機になりました。

老いをどう考えるか、老後の生き方、女性の「老い」をテーマにさまざまな問題を考え、提起したことが、時代の要請に合っていたのでしょうか、エッセイや講演などに仕事の幅が広がってきました。

この六十五歳という年齢は、いまは、定年退職の年齢で、会社勤めの仕事が終わる、と同時に「老い」に向き合い始めるときです。

ですから私は、三〇年以上も〝老後〟を生きているわけで、勤めを終えてからの時間が、思いのほか長いのです。

定年後、孫の世話に熱心になって、それが生きがいだという男性の話をよく聞きます。親に代わって幼稚園の送り迎えなどもしているのです。

私自身には子供も孫もいませんが、確かに小さな子供は可愛いですから、可愛がるのもいい、何か買ってあげるのもいいかもしれません。でも、それだけで大事な自分の日々が過ぎていってしまう、終わってしまうというのはどうなのかな、と考えてしまいました。

孫はやがて成長し、祖父母の思うようにはならなくなるでしょう。

六十代はまだ、十分元気なのですから、これからの自分自身の生き方を考えるべきではないでしょうか。

男性には長い会社勤めの習慣があり、それまで家事にまったく携わってこなかった方も多いでしょうから、家庭で何か役立ってほしいという家族の願いがあるのもよくわかりますが、なかなか長続きが難しいのかもしれませんね。

それでむやみに孫を可愛がる、友達と一杯飲むとか、つい過ごしやすいことが優先され、これからの自分の生き方などは放棄されるのかもしれません。でも、孫を可愛がるだけでなく、それにはほんとうはどんな意味があるのか、自問自答するという姿勢があればいいのではないだろうか、と私は思います。すべて定年と同時に終わるわけではありません。先は長いのです。

「頼るまい」を信条に

私はひとり暮らしですから、なんでも自分ひとりで考えて決めて、生きていかなくてはなりません。だからできるだけ「頼るまい」と考えています。もちろん、暮らしを手助けしてくれる友人・知人はたくさんいますが。

ひとりの暮らしは、朝起きたくなければ、寝ている自由があるのです。しかし、起きたくなくても決まった時間に起き、身体をシャンと動かそう、そうしなければ身体が動かなくなるかもしれない、と思い、少々無理してもきちんとやっていこうと、気を張って暮らしています。

ひとり暮らしは、誰も朝起こしてはくれません。起きることひとつでも、決めた時間に無理してでも起きると、身体がそれに付いてきてくれることをしっかり確認しながら暮らすようになりました。

誰かに頼ると、なんでも人にしてもらいたいと思うようになります。いま頼りにしている人が、永遠にいればいいのですが、明日はいなくなるかもしれない、頼れなくなるかもしれない、いつもそう考えてひとりの暮らしができるように覚悟しておくこと、これが人の生き方だと思います。

人間は年とともに、自分に甘くなってしまうものです。家の中が乱雑になり、モノが積み重なり、足の踏み場のないような状態でも、若くないからこのくらいは許されるだろう、年寄りだから他人も許してくれるだろうと、自分を甘やかしがちです。

このタガの緩みが、実は怖いのではないか、と考えるのです。私は歳を取っても、自分で自分を奮い立たせて、「頼るまい」を常に心がけているのです。

それに、誰かに助けてもらうと、やはり私自身の心に負担がかかりますし、もちろん相手に迷惑をかけてしまうこともあります。

例えば、昔、もしもの場合を考えて、我が家の鍵を預けていた方がいたのです。ある日、その方が入ってきて、「どうしたの、いくら叩いたって起きないから、何かあったんじゃないかと心配で」と言われたのです。私は、全然知らないで寝ていたのですが、ハッとしました。人に対するマナーとしても毎日の暮らしをちゃんとしなければ、と思いました。

ご近所で、ひとり暮らしは私だけですから、なんとはなしに、皆さんが見ていてくれます。だからといって、ご迷惑をかけるわけにもいかない、と気を張って暮らしています。

人間は六十歳にもなると、長年一緒に暮らした家族と別れてひとりになることもあるでしょう。いつひとりになっても楽しんで暮らせるように、家族といるときから考えておかなければならないと思うのです。

そして、自分でできること、できないこと、無理な範囲なども決め、残されたエネルギーをどう使えばいいのかを、日々考えて暮らしていかなければと思います。

第4章 老いへのしたく

〝五十肩〟が教えてくれたこと

私が六十代の頃ですから三〇年くらい昔になりますが、ある雑誌が「私たちの老後設計」というテーマで読者からの投稿を募集したことがありました。

私は選者としてたくさんの方々の「老後設計」を読みました。その中でいちばん強く感じたのは、やがて来る老いのイメージを、「明るく、オレンジ色のような未来」ととらえ、楽しげに語っているということでした。

老後をバラ色とは考えず、といって、自分の未来を決して灰色とも思いたくない、灰色にならないために、いまを大切に、明日も、明後日も丁寧に生き続けるという姿勢、この姿勢を表す色として、多くの人がオレンジ色と答えたのです。

その頃、その雑誌に投稿してきた方たちの多くが、五十代前半と四十代後半でした。これから先、三〇年、四〇年と生きる年齢の方たちです。四十〜五十代の年齢では、体力も気力も充実していて、まだまだ老いを感じるほどに弱っていないのです。

そのときの体力、気力をもとに老後設計が描かれているということに、私は、その当時の女の願いのようなものさえ受け取ったのです。六十代の私自身でさえも、正直、老後設計はオレンジ色で終わりたいとひそかに念じていました。

当然のことですが、投稿を寄せてくださった読者と同じ年代の頃、私の老後への思いはみなさんとまったく同じでした。

歳を取って時間ができたら、これまで忙しくてできなかったことをしたい、それは山ほどある、だから老後は決して退屈することはない、と信じていました。

時間ができたらしたいこととは、友人との旅、若い人たちを集めて自分が身に付けてきた料理を教える、食べることが好きな友達と食べ歩き、これまで不得手とした縫い物とか手芸に挑戦するなど、体力や気力が十分あることを前提とした計画ばかりだったのでした。

それは、まだ老いを実感していなかった頃のことです。

生まれて初めて、老いかな？　と感じたのは、五十代に入ってから。俗に言う五十肩を経験したときです。セーターの脱ぎ着が思うようにいかない、高いところのものが取りにくい、片づけなどが億劫になるなど、五十肩を通して否応なく老いを実感し、そして愕然としました。

五十肩は、いずれ必ずやって来る老いの予感のようなもので、体力や気力が削がれ、それまでとはまったく違った「不自由を伴った老後」になることも織り込んだ計画変更を迫られるということです。

五十肩が教えてくれたのは、老後設計には、「もし健康を失ったら」という要素を入れておくべきだということに気付きなさい、ということでした。

足腰が弱くなって身の自由がきかず、肉体の衰えを抱えながら暮らさなければならないとしたら、オレンジ色の老後設計は灰色に塗り替えられることもあるのです。

そうなっても、私はさわやかな顔で、自分を失わずに暮らしてゆこう、ひとりで生きてゆこう、と考えました。

老いて時間ができたら、という計画も、老いた、さあ始めようと思って始められるものではなく、またやろうとしても、老いた頭脳に新しいことはなかなか吸収されにくく、時間がかかるものなのだということにも気付きました。

さらに、自分が「老いてもやりたいこと」は、必ず友人や夫が一緒であることを想定していましたが、それも歳を取ったときには、どうなるかわからない、ということも考えさせられました。

幸い五十肩はひどくならずに治まりましたが、私のこんな小さな経験だけでも、真剣に老いを考えるきっかけになりました。

孤独を道連れに――姑・光子の老後

姑・光子と同居することになったのは、一九六三年、光子七十六歳、私が四十五歳のときです。同居のきっかけは、その一ヵ月前に光子が連れ合いに先立たれてひとりになったことでした。

同居を持ちかけたときの姑の反応は、「そう言ってくれるのは嬉しいけれど、私はひとりになったら、老人ホームに入るつもりで、それだけは貯金してきたのよ。私は一度子供を置いて家を出てしまったから、いまさら子供の世話になることはできない、私自身は老人ホームに行くから心配しないで」というものでした。

そこで畳みかけるように、老人ホームで何をするのかと尋ねると、「これまで家事に追われて暮らしてきたんです。時間ができたら、やろうと思っていたことがあるの。習字、それから読書ですよ」。

ならば、それらを抱えて一緒に住めばいいということになったのです。

私はこのとき、七十六歳の光子が、誰にも寄りかからずに、老後の暮らしを自分なりにやっていこうと考えた、凛とした姿勢を心から立派だと思ったのです。それは、私自身の母が、私が物心つく頃から、絶えず私に寄りかかろうとしていたので、その母をうとましく、重荷にも思っていた気持ちがあったからです。

明るく、なんの不足もなく、スタートした同居ですが、光子が連れ合いを失った寂しさ、辛さ、心にポカンと空いた空洞の一ヵ所は、同居の私たちには、到底埋めることなどできませんでした。でも、私たちは光子に「寂しいでしょう」などと声をかけたことはありません。

私は、女性の先輩としても、凛とした光子を身近に眺めていることで勇気づけられ、「いずれ私も必ずひとりになる。でも、孤独を道連れに歩きながら、光子のように、前を向き、笑いながら懐かしい話ができるような、高齢者になりたい」と願っていました。

老いへの道を歩いている、光子という先輩の存在が身近にあったことが、私にとって良き道しるべともなりました。

ちょうどその頃からでしょうか。それまでの日本が直面したことのない、高齢社会と真っ向から向き合わなければならない現実に出会い、介護の問題や、その解決などについても大いに考えなければならなくなったわけです。

光子の住まいを、我が家の庭の片隅に建つプレハブ住宅に決め、そこにトイレ、流しと小さな冷蔵庫と電気コンロなどを設置しました。自分の好きなときに、気兼ねなく母屋を訪ねられる自立型の住まいは、たいへん光子の気に入り、自分らしく生きられると、とてもイキイキとしていました。

光子は庭仕事が大好きで、草花を植えたり、庭木の手入れをしたり、また熱帯魚のための水槽を置いて飼っていました。こうして生き物の世話をすることが、老いた光子の心身を養い、愛情豊かなものにしていたのではないかと、私は思っています。

八十代の姑に学びの心を教わる

夫の古谷は、「老後に大切なことは、その人の人生でもっとも確かに身に付けたものを活かして、社会とのつながりを持ち続けることだ。ほんの少しでも、〝私はいまでも誰かのお役に立っている〟と本人が思えることが、生きがいになるのだ」という考えを持っていました。

姑が八十代になった頃でしょうか。古谷は光子に、老後の生きがいのために英語を役立ててはどうかと勧めました。

光子は外交官の妻として、海外での生活が長く、身に付いた英語力を持っていたからです。

「いまさら、人に教えるなんて……」とためらっていた光子でしたが、まだまだ元気な自分に何かできることがあるなら、と考えたようで、自宅で英語教室を開くことになりました。

最初の生徒さんは、私たちが親しくしていた友人の娘さんでした。欧米での生活経験を持つ光子は、おつきあい、日常生活のマナーにも精通していましたから、語学だけでなく、欧米の文化についても学ぶことができる英語教室は、生徒さんから感謝され、次第に知り合いを通して規模を広げていきました。

勉強のチャンスを得た光子は、その後、「教えるためには、私自身がもっと勉強をしなければ」と、三度も船旅で海外に出かけていき、英会話のブラッシュアップを図ったのです。

私は、この光子の前向きな姿勢、態度、やるからには中途半端ではすませない気迫に、強く影響されました。拍手を送りたい気持ちで、私も手助けを惜しまないと思っていたのです。

八十代になっても学びの心を忘れない、光子の姿勢は、現在の私の気持ちのどこかに受け継がれているのかもしれません。

老後とひとことで言いますが、実際に七十、八十代と経て考えるのは、老後という道のりの長さです。その長い道を、どのように歩むのか、これから老後を生きる人は真剣に考えておかなければならないでしょう。

老いていくということは、衣食住の暮らしのすべてに力がなくなっていき、また徐々に友人も減り、経済的にも心細く、体力の衰えを強く感じることだと思います。

そんななかで自分が生きていくとしたら、どうしたらいいのか、どうやって暮らしていこうか、といったことを考えておくことが大切だと、私は、光子の英語教室を通して知ることができました。

私がたいへん尊敬していた、関西学院大学社会学部教授で、いまは亡くなられた村山冴子さんが、『老後の設計―老いを豊かに』というご著書の中で、所在なげに、有料老人ホームのロビーに座っている老人をよく見かけると書いていました。そのホームに暮らす老人たちです。ホームでは、お互いの部屋を訪問し合わないといった指導をするケースもあったというのです。

欧米では、個の自由をしっかりとさせたうえで、入居者同士の交流を図り、お互い助け合うこともあるようです。付き合い方のルールが身に付いていれば、老人ホームでの暮らしももっと豊かなものになるだろうと、村山さんは書いています。

私は、村山さんのこの指摘は、家庭でも老人ホームでも、各々が持たなければならない〝個の尊重〟ということだと思います。ひとりでいても人生を楽しめる何かを持つこと、常に誰かと一緒でなければ不安になってしまいがちな気持ちを変えて、自立しつつ、他人とも良い関係を持てるように、早くから自分を訓練しておくことの勧めでもあるのだと、私は受け止めたのです。

人生八〇年、九〇年計画

大正生まれの私は、青春時代を戦争の中で過ごし、「人生は五〇年」の時代に生きました。ところが、戦後は高度成長の波が押し寄せ、社会もまた成長し、それにともない、人生五〇年どころではない、長寿生活へと変化してきました。人生が延長されたわけですから、どんなふうに暮らしていったらいいか、昔とは違う模索が必要になってきたのです。

例えば、家です。元気な頃の古谷が仕事に疲れたとき、ちょっと一杯飲める場所が欲しいというので、書斎にバーを作ったことがあります。でも、次第に仕事から遠のいていった古谷は、その部屋はだんだん使わなくなってしまいました。

私は使っていない部屋を掃除するのもつまらないな、と思い始め、だったら書庫や物置にしてしまったほうが部屋が生きるのでは？　などと考えるようになりました。

そんな頃、六十代になった古谷が、これからだんだんと友達も少なくなる、事実、亡くなっていく人もいる、そんなふうに歳を取るのは寂しいので、勉強会を始めようと思うと言い出し、母校成城大学の古代史が専門の先生とお知りあいだったことを幸いに、指導をお願いして、自宅に何人かを集め、ゼミのような古代史の勉強会を始めました。これがいまでも続いている「むれの会」の始まりです。

その会で取り上げた『古事記』や『日本書紀』などの話が食卓でもよく出るようになり、横で聞いていた光子が「『古事記』ってよくわからないけど、英語をやっているのだから、勉強して翻訳してみようかしら」と身を乗り出してきました。それからの光子は、食卓でも『古事記』を話題にし、自分のイギリス人の英語の先生にも相談に乗ってもらい、『古事記』の英訳に夢中になっていったのです。

光子は、英会話教室を持ち、老いても好奇心を失わず、新しい勉強にも意欲的でしたので、最後まで人生に退屈したり、停滞したりすることがなかったのでは、と私は思っています。

むれの会は、その後会員それぞれの関心でいろいろに広まっていき、会報『むれ』も、ずっと続けて出しています。古谷が亡くなった後も、これだけは私が責任者を引き継ぎ、現在も月一回の勉強会、年一回の特別講演会、年四回の会報発行を続けています（二〇一六年十二月をもって閉会）。

私の「人生五〇年計画」は、社会の変化にともない、変えざるを得なくなりました。計画どおりにいかないのが人生だということを学びましたが、その中で、どう自分を変えていくかは、自分にしかできないことも知りました。

「自分のせいでこうなったわけではないけれど、クヨクヨ生きても、明るく生きても同じなら、明るいほうがいいや、明日は明日でなんとかなるだろう」という生き方を覚えました。

失ったものを悔やんで、いつまでもクヨクヨしていたら、いまの暮らしもこうはいかなかったのではないか、と思っています。明るく生きるのも、暗く生きるのも、気持ちの持ち方ひとつで変わります。

姑の認知症に直面して

一九七八年、光子は九十三歳、九十歳を超えても、「これをやめたら、私は生きがいがなくなってしまう」という気持ちを持っていたのでしょう、現役の先生として、小中学生に英語を教えていました。

しかし、ある日突然、自分が教えている小学生の姉妹の顔を忘れて、変な子が来たので気味が悪いと、私のところに訴えにきたのです。私は、腰が抜けたようになり、椅子から立ち上がれないほど、びっくりしてしまいました。

それ以来、子供たちに万一にも間違ったことを教えてはいけない、何か事故があってはいけないと心配し、子供たちの親御さんに了解を得て、英会話教室をやめることにしたのです。子供たちのことを考えると、仕方ない処置でしたが、その後、光子は急速に老化を進めたように思われます。

また、考えようによっては、光子にとっては、九十三歳までがほんとうに生きた時間であったとも思います。

自慢の姑、優雅な物腰が素敵な光子が、なぜ？　という変わり方をし、認知症の老人特有のさまざまな行動を見せられ、私は、自分の明日を思い知らされました。

光子を介護するなかで、私のオレンジ色の未来図には描かれていなかった、このほんとうの老後を、どうしたらよいものかと深刻に悩みました。正しい判断力を失ったときの自分には、他人の迷惑や悲しみもわからないだろうし、それをなんとかする力もないとしたら？　せめて自分がすべきことは、そうなったときのために「職業として認知症の老女の世話をしてくれる人」への報酬をきちんと準備しておくことだ、という結論でした。

それに加え、経済を優先する社会の中で、老人は切り捨てられていくという思いも持ちました。老いを看取るのはほとんど女であり、家庭の中に老いの問題が閉じ込められていく、世の中の仕組みも強く感じたのです。

いまがずっと続くとは限りません。やさしい息子の妻、看取ってくれる子がいても、老いたもの自身の心がけが大切なのは言うまでもないのです。

光子の自分を律する態度、現役で生き続けようと一生懸命になっていた姿は立派でしたが、認知症が進んだ光子の介護者となった私の立場から見えたのは、人は厳しく生きてきても、老いの生理現象には勝てないのだ、ということでした。

もし、認知症を発症する前の光子が、自分に甘く、他人に厳しい生活態度であったなら、最後まで自分の手で看取ることができたかどうか、私はわかりません。

汚れものの始末をするときに、私は「自分の明日」を考えさせられていました。

最後まで現役で生きようとするには、仕事を持つことだけではない、毎日の暮らしの中で日々生まれる新しいこと、新しいもの、止まることなく動いている社会に、自分の体力、気力の範囲で参加しようとする態度が必要で、自分は老いたのだからと、老いに甘えて人に頼り切ることが、現役をおりるということなのではないか。現役か否かはこの差なのだと、私は思ったのです。

自分の持っている知識についても、光子は決して頑固に主張することなく、よく人の話を聞き、私からも栄養学のこと、家事の新しい技術のことなどについて、素直でやわらかな心を持って吸収していました。

このやわらかな心が若々しく生きる力になり、生活環境の変化にも順応できたのではないかと思っています。

姑・夫との別れ

よく光子は、「人間というのは、いくら賢いようでも、その歳にならないとわからないことがあるものよ」と言っていました。その頃六十代の私は、それが次第にわかるようになっていました。いまでは、このことばがしみじみと理解できるようになっています。

光子が足を痛め、一日のほとんどをベッドで過ごすようになり、それが半年ほど続いたでしょうか、それまではなんでもよく食べてくれたのですが、極端に食欲が減少していきました。これはおかしい、と思っているうちに、どんどん身体が衰弱していくのが、毎日の介護を通して、よくわかりました。

「こんなに食欲が落ちたのは、何か原因があるはず。入院して調べてもらってはどうかしら」と古谷に相談しました。ちょうど介護者である私も、血圧が上がり、中腰の姿勢からくる腰痛も起きて、慢性睡眠不足で、体力が限界に達していたのです。そこでかかりつけのお医者様からの勧めもあり、入院が決まりました。

一九八一年三月、春の訪れを感じさせる、よく晴れた日でした。衣類を着替えたあと、光子はベッドでまた横になりました。病院から迎えの車が来ることになっている午前十時には、まだ十分時間がありました。私の差し出した吸い口からお水をごくりと、美味しそうに飲んだあと、「お水ってこんなに美味しいものなのね」とつぶやきました。

光子の様子が落ち着いているので、私は母屋に戻り、病院行きの荷物をまとめて、用事を片づけてから、光子の部屋に戻りました。その間わずか、二〇分くらいだったでしょうか、光子の呼吸がどうもおかしいのです。口を半分ほど開いたまま、身じろぎひとつしません。古谷がお医者様を呼びに走り、私は光子から目をそらすことなく、見守り続けました。まるで、砂時計の砂が落ちるように最期の時が刻まれ、やがてロウソクの灯が消えるように、光子は九十六歳で息を引き取りました。

「まったく苦しむこともなく、こんな安らかに死んでいけるなんて……。ぼくもこういう終わり方をしたいなあ」と駆けつけたお医者さんにため息をつかせたほど、見事な自然死でした。

葬儀については、「世間体だけの通夜や告別式をするのはどうだろう」「本人の顔も知らないお客さんに来られるより、子供と孫だけのほうが、嬉しいよ」と息子や孫たちと話し合い、身内だけのお別れ会にしました。光子の好きだったチーズケーキと紅茶を供え、花は贅沢なくらい飾りました。その花々の中で、みんなで光子の思い出話をして送り出しました。

ほんとうに気持ちのいい豊かな見送りができたので、古谷も「葬式というのは他者にとっては突然のこと、さまざまな用事を抱えた人に参加してもらう儀式はやめてほしい。自分のときも同様にしてくれ」と言っていました。

光子の死から三年後、雪の降る寒い日でした。古谷は身体が弱り、最後の一ヵ月ほどは往診をしてもらっていたのですが、いよいよ衰弱が激しくなり、入院することになりました。怖がりの古谷は注射が大嫌いで、たくさんの医療器具に囲まれた病院は、どれほど恐ろしかったことか。入院のため大慌てで家を飛び出した私がちょっと自宅に戻り、必要なものを揃えていると、「危ない状態です」と呼び戻されました。駆け戻り、ピッタリと張り付くように付き添いましたが、古谷は間もなく息を引き取りました。

光子のときと同じく、少しも苦しむことのない、眠るような静かな死で、窓の外は雪が降っていました。

人は生き、そして死んでゆくものです。これは当然で、仕方のないこと。この歳になると、「仕方がない」と思うことは、未来に訪れるかもしれない不安から逃れるひとつの方法だと思うのです。

夜中に胸のあたりが変だな、というときも、「これでどうにかなっても『仕方がない』」と思っています。怖い思いや親しい人との別れも、仕方がないと思って見送るしかないのです。「仕方がない」で、この先を切り抜けていけたらいいと思います。

最後までひとりで暮らしたい

世の中には、子供と同居するのが幸せだと考える人が多いようですが、私はひとり暮らしが好きです。誰かと暮らそうとは思いません。

姑光子、夫古谷との三人暮らしのときは、仕事を持ち、家事に忙しく、訪問客も多い時代でしたから、それはとても大変で、ひとりの時間を持ちたいと常に願っていました。

といっても、家族といるときには、一緒に映画を観て、その映画についての話をしたり、本を読んで感想を述べ合ったり、奈良や越前を旅行して古代史に触れるなど、それはそれで楽しい暮らしでした。二人を見送り、寂しくない、と言えばウソになります。それまでひとりで暮らしたこともありませんでしたから、初めてのひとり暮らし。

家族がいたときは、二人のために毎日料理をしてきたので、しばらくは料理をする気持ちになれませんでした。「自分のための料理」をしたことがありませんでしたから。それで適当に食べていました。そうすると、次第に心までささくれ立って、ざらざらしてきたのです。そんなとき、私の大好物の「柿とこんにゃくの白和え」がお店のつきだしに出て、それがとても美味しく、もっと食べたい！　と思ったのが、私が再び台所に立とうと思ったきっかけです。

支えになってくれたのは食事、そして私の場合は仕事でした。それから気持ちに張りが出てきました。ひとり暮らしはずっと続きますが、過去を振り返って嘆いて生きるか、前を向いていまを大切に生きるか、どちらを取るかと言われたら、迷わず後者でした。

私はもともと、家族がいたときからひとりのわずかな時間をやりくりして大切にしてきましたので、その時間が広がり、ひとり遊びが増えただけともいえるわけです。

仕事のついでに、少し早くホテルに入り、何もすることのない極上の時間を自分のために使う、ちょっと足を延ばして海を眺めたり、町を歩いて素敵なコーヒー店に入ったりする贅沢な時間。そんな自分の時間は、家ではまとまらない仕事の考えをまとめるためにあてました。こうしたひとり時間の使い方が身に付いていたからでしょうか、ひとり暮らしになったとき、「これからは、すべて自分だけの時間だ」と思えたのです。

夫が亡くなり寂しいと言い続ける人、定年になった夫の不満を言い続ける人など、老後にさしかかり、鬱々と日々を過ごす人も多いようですが、そうしていても、誰かが何かしてくれるわけではありません。夫が亡くなって寂しいと嘆いているのも、夫に対する不満ばかり言うのも、実は自分にも責任があるのです。幸せを作る努力をせずに、嘆いてばかり、自ら踏み出さずに、人に求めてばかりいるのは怠惰ではないかしら、と私は思います。

寂しいならそれに向き合い、ひとりで考え、自分に向き合わなければ、自分らしく生きることは無理です。幸せに生きるためには、自分で責任を持って生きていかなければなりません。

私は、最後まで自分らしく人生を楽しもう、そのためにひとりの時間を大切にしていきたいと願っています。

私の死にじたく

光子と古谷は、ほんとうに身内だけの温かなお別れ会で見送りました。その体験から、私のときも、葬儀、告別式はなしで、とあとを頼む甥にきちんとした形で遺言してあります。死の姿を多くの人に見せたくないとの願いがあるからです。

これまで葬儀は残された人のために行うという面が色濃くありましたが、家族制度が崩れ、自分らしい別れをしたいという人が、だんだんと増えていっているように思います。

生きる自由と同じように、死後のあり方も、自分で選んで決めたいと考えるようになってきたのではないでしょうか。私の周りでも、墓は持たず、遺灰を海や山に撒く自然葬、戒名なしのお別れ会など、新しい葬送を選ぶ人が少しずつ増えています。

夫を見送って数年後、弁護士に立ち会ってもらい、私は正式な遺言書を作りました。死にじたくは、生き方でもあり、ひとり暮らしだからというだけでなく、自立したひとりの人間として、やっておくべきだと思ったからです。

その第一は、無理な延命処置はいらないということ。これは、私自身のリビング・ウィル＝尊厳死の宣言書の意味を持っています。リビング・ウィルは、病院内の患者が自らの人権を守るために始まった運動で、自分の意思を文章で表明しておくものなのです。

私は遺言書に、お葬式をしないことも明記しています。また、家や預金の処分についても決めています。家中にあふれている蔵書については、図書館に引き取ってもらうことにしています。

そして、私はもう一つ、献体の登録をしています。自分が亡くなったとき、「はて、遺体はどうしたものだろう」と思いました。それで、どこで死んでも迷惑をかけず、せめて少しでも社会の役に立てればということで、大学病院に献体することにしたのです。外出時にも、その会員証を忘れずに身に付けています。こうしておけば、仕事で遠方に出かけ、万一のときも、その地の大学病院に死後すぐに献体されると聞いているので安心です。

この先は、とにかく働ける限りはセッセと働き、少しでもその日のために備え、介護をプロの手に安心して任せられるだけの貯金をしようと思います。まじめに働いて納税してきた国民のひとりとして、もし蓄えでどうしようもなくなったときは、堂々と国のお世話になるつもりです。

私は、ひとり暮らしですから、交友や交際関係などは、甥であってもわからないことがあるでしょう。ですから、あとでみなさんのお手元に届くような手紙を、すでに書いてあります。日付、病名を記入すればいいように、郵送する範囲も決めて甥夫婦に頼んであるのです。

姑と、夫とを見送り、ひとり暮らしがスタートし、その生活に落ち着きを見いだし、残された自分の持ち時間を大切に、精一杯楽しんで生きると心に決めた時期が、本格的に死にじたくを考え始めた時期と重なっているように思います。

どう生きるかを考えることは、まさしくどう死んでいくかを考えることなのだなあと、しみじみ思います。

最後のためのお金を残す

光子の介護をした二年半の間、私がもっとも辛く、せつなかったのは、いわゆる下の世話でした。いつ終わるとも知れないせつなさ、おしゃれで素敵だった光子のこのような姿を誰にも見せたくなく、介護の一切をほとんどひとりで背負い込みました。

その後しばらくして、しみじみ思ったのは、もし私が倒れていたら我が家はどうなっていただろうか、ということです。いまでは、介護を専門の人の手に委ねることもできますが、まだ、その大半は、妻、娘、嫁という立場の女が看取り、働き手の男の協力には限界があります。

なりたくてなったわけではない、光子の老いた姿を見た私は、もし自分がこんな日を迎えることになったら、甥や姪の世話になることがいちばんいいのだろうか、と考えました。答えは「否」です。

介護の現実は、介護者の健康問題を含んでいますし、経済的負担もあります。こうした実生活への圧迫、みんなを疲れさせる家庭介護の限界から、目をそらしてはならないのです。

高齢社会では、高齢者自身が、自分の身の処置に少しでも役立つように、お金を持つことの必要性を感じます。

どちらかひとりが欠けた老後は、心を満たすための趣味やおつきあい、旅や食べ歩きといった自分の楽しみのためのお金が必要です。また夫婦健在であっても、ともに寄り添って楽しみたい、その費用までをわが子に頼りたくないというのが、これからの老後を生きる人たちの願いだと思います。そのためには、きちんと計画を立てて、お金を大切に使うことを考えなければならないと私は思います。

定年を迎える前の人の収入は、まだまだ多く、子供のためにしてあげたいことの予定をあれこれ計画しているかもしれません。しかし、近い将来の自分の暮らし、もっと先の話として、ないことを願いたい老後の病気、最終的には寝たきりとなったときの状態を考えると、せめて子供らの家計に負担はかけないような心づもりのお金を持つことを、優先して考えておきたいと思うのです。

実際には、子供たちの世話になるかもしれませんが、備えを持った自立の態度はどうしても必要です。その自立が子供たちとの心のつながりをより強くする結果になると、私は思います。

脅かすわけではありませんが、実際問題として、老人医療は無料ではなく、病気とも言い切れない心の老いた人の介護に、働き盛りの子供の生活が脅かされる問題も含め、少しでも子らの負担を軽くしてやるため、親は自分たちのためにお金を残しておくべきだ、と私は繰り返し言っておきたいと思います。

自分のことは自分で賄う態度を真剣に考え続け、実行してきた人は、若い人たちともたいていうまくいって、明るい明日を生きようとしています。

夢を持ち続ける

いい生き方と、いい死に方は、表裏一体だと、私は考えています。自分の始末をどうするかを考えるなど辛いという人がいますが、私はその逆だと考えます。いい人生のしまい方を考えるのは、いまをどう生きるかを考えることだからです。

自分がどうしたいかを見つめると、自分がどういう人間か、どのように人生を歩んできたかということまでわかり、これから先残された日々をどのように過ごしたらいいのかも、自ずと見えてきます。

その見えてきた、これまでの人生を否定しないように、自分は頑張って生きてきたと、胸を張っていたいのです。

最近の話なのですが、私の新しい本が出版されることを知った知人が、「いいわね、あなたを見ていると、自分は何をしてきたかと思っちゃう」と言いました。彼女は地方の町で、何でも屋さんを切り盛りして、季節ごとに見事な野菜や果物を送ってくれ、地域のみんなに頼りにされています。私はそんな彼女の生き方も素晴らしいと思うのです。

人はそれぞれの人生を精一杯歩んでゆくのですから、子育ても、家事も、仕事も、介護も、すべて自分がこれまで過ごした時間に、もっと胸を張り、自慢し、自信を持っていいのだと思います。

これから向かう時間の過ごし方の中にも、それは心の安定に大切なよりどころとなっていくはずです。

それと、もしできるなら、いくつになっても、夢は持ち続けたいと思います。

私は、若い頃に児童文学を創作したいと思っていました。それで日本児童文学者協会に参加し、具体的なことは何もしてきませんでしたが、会員として携わっています。送られてくる会報誌を読むのは楽しみの一つです。

そして児童文学作品を書きたいな、という夢は、いまだに持ち続けています。会報誌を読みながら、いつか、書ければといまも考えています。

この夢は、若いときから、ずっと手放したことがありませんし、「これだけは忘れない」という一生の夢です。この夢が、いつまでも私にはまだ「することがある」と、前を向いて歩かせてくれているような気がします。

第5章 財産はおつきあい

ほどよいおつきあい

社会学者の上野千鶴子さんと経済ジャーナリストの荻原博子さんの対談が掲載された雑誌を読みました。テーマは「最後はひとり。どう生きる？」です。お二人は老後のひとり暮らしに欠かせないものは、「『家』と『友』と一千万円」と言っておられます。確かに、住まい、いいおつきあい、ある程度の自由になるお金は、ひとりの老後を支える大事な要素ですね。

とくに人とのおつきあいは、ひとり暮らしの私には欠かせない大事なことです。これまで多くの方たちと、おつきあいをしてきました。

いままでおつきあいに失敗がなかったか、というとそうではありません。失敗するたび、よいおつきあいとは何か、を考えながら、いままで来たのです。

だいぶ以前のことですが、たいへん信じていた人に裏切られたことがあり、ひどくショックを受けました。このとき、「人の気持ちというのは変わるものだし、変わらないと思っていた自分がバカだったのだ」と考え、よい勉強をしたと思うことにしました。

私は、親しくつきあうということは、相手の心に踏み込んでつきあうことではないと思っています。例えば、人になんでも頼ったり、人と親密にしないと不安だったり、人を常に自分に引きつけておいたりすることが、親しくつきあうことと思っている人もいるようですが、私は、これはおつきあいではないと思います。

私は、価値観が同じ人とのおつきあいが、いちばんいいと思っています。価値観が違う人とは、たとえ親戚でもつきあいはできません。

古谷が亡くなったときのことです。私の親戚が弔問に来るという連絡があったのですが、葬式はしないので、と言うと、たいへん怒り、長男の嫁のくせに、世間からケチと言われるからちゃんと葬式を出しなさい、と強く言ってきました。相手の考えを尊重し、思いやることなしに、いろいろと口出しをし、勝手なお世話を焼く人がいます。このときは古谷の遺言であり、古谷の兄弟に話して了解を得ていたことですから、その通り葬式はなしにしました。それ以来、私はその親戚とはつきあってはいません。

結婚や弔いなど人生の節目のときには、その人の価値観が強く表れるものですね。

人とのおつきあいでは、ほんのちょっとした行き違いから、誤解が生じてくることもありますが、その根底にあるのは、価値観の違いであることも少なくないと、私は思っています。

同じ価値観の人となら、年齢の差があっても、歳を取ってからの出会いであったとしても、そのときから友情が生まれ、おつきあいも始まると思います。

いいおつきあいをするためには、日ごろから心の訓練も必要なのだと考えます。人とつきあう心の訓練とは、人にはそれぞれの暮らし、都合があることを思いやる、つきあいの〝ほどのよさ〟を保つ努力をするといったことではないでしょうか。

ひとり暮らしで、自分は暇で退屈だからと、隣人をたびたび訪ねたり、電話で長々と話し込んだりする、これは甘えがあるからです。自分を厳しく律する力を、日ごろから訓練しておかなければならないということなのでしょう。

私も老いて、自分に甘くならないよう、自戒しながら、ほどよいおつきあいを続けたいと思います。

老いて元気な人は〝楽しみ上手〟

ひとり暮らし同士のおつきあいが多いせいでしょうか、ほんとうにいろいろな方々から、心地よい影響をたくさん受けています。

八十歳を過ぎた頃、作家の清川妙さんと、日々の思いや暮らし方を、手紙で語り合ってはどうかという話があり、往復書簡を本にまとめることになり、手紙を通して、清川さんとのおつきあいが始まりました。

私は、以前から清川さんがお書きになられた『万葉集　花語り』の読者であり、とくにこの本の中で読んだ、ある歌の解釈が、いかにも詠み人の心をいきいきと描き出しておられたので、我が意を得た思いでいたのです。

読者のひとりであった私と清川さんは、一年間の手紙のやりとりを通して、さまざまなことを語り合ったのですが、手紙ですから、思ったことが表現できて、面と向かってはなかなか話せないことでも、ここでは迷いもなく書いている自分がいることに気が付きました。このような形でおつきあいができたことは、ほんとうに嬉しかったです。

この往復書簡を通して、清川さんとは、すっかり親しい気持ちで話し合える友人としてのおつきあいへと変わっていきました。

清川さんは、同じ年代のひとり暮らし。その後、ほかの仕事でもご一緒する折があり、いくどもお目にかかり、おしゃべりをしたり、食事をしたりするうちに、すっかり仲良しになりました。

食べものの話だけでなく、文学のことなども、清川さんとはよく話します。波長が合って、いいおつきあいをしています。

最近では、笹本恒子さんと仕事で対談をしました。

笹本さんは、長く写真家としてお仕事をなさっており、ひとり暮らしとのことです。その対談の中で、私は、人に頼らずに、気楽に暮らしているなどという話をしました。

笹本さんも、老人ホームが嫌で、ずっと自宅で暮らそうと、部屋を改造して、いまはマンションの一〇階で、おひとりで住んでいると話していらっしゃいました。

私も呑気ですが、笹本さんものんびりとした、気持ちのいい方です。夜の食事にはワインを飲まれるそうで、私に白と赤、どちらが好きなのか、とお聞きになったので、赤が好きと言うと、ご自分も赤なので、こんど一緒に飲みましょう、と話が弾みました。ここからまた、新しい友情が育っていくような気がします。

先日は、書家の篠田桃紅先生からお電話をいただき、百歳でお仕事も続けているとおっしゃっていましたから、長く元気でいる方々には、どこか共通しているところがあるように、私は思います。

身のまわりのことを自分でしている、好奇心を持ち続けている、食べることが好き、こうした共通点があるように思います。

みなさん、まだまだ、お元気で人生を楽しんでいらっしゃる。私も、先輩や同世代の方々と、これからも、いいおつきあいをしていきたいと思います。

若い頃のおつきあいが財産に

自分は自分と割り切っているのは、私の性格によるところが大きいかもしれません。自分勝手、というのとは違いますので、おつきあいでは、みんなと仲良くできるのです。それは、古谷に言われ続けたことがあるからです。それは「人の欠点を見るより、いいところを先にさがすのだ」ということ。人と仲良くできるのはそのためだと思っています。

お互いを認め合っている人とは、長くつきあうことができます。私が人とベッタリしないのは、自分の暮らしを大事にしているからです。それと同じように相手の方の生活を大切にしたいからです。

歳を取ったら、ある程度の〝浮世の義理〟を欠くことは仕方ないと思います。冠婚葬祭にはもうおつきあいできなくても仕方がないと思っています。それから、私は年賀状も失礼しています。

私のところにはいろいろな食べものを送ってくださる方がいます。家族と暮らしていたときからのおつきあいや、若いときに家によく見えていた人たちからなのです。

例えば、古谷が戦後すぐに、地方講演に行ったときに知り合った人を、東京の家に連れてきて、つきあいが始まったり、古谷の親友の教え子の方と知り合ったり。

また、私が四十代の頃、結婚を控えた若い人がよく家へ来ていましたが、結婚後もつきあいが続いていますし、ほかにも姑光子の教え子とのつきあいなどがあります。

そうしておつきあいの始まった方たちが、いま孫を持つ世代になり、日本のあちこちに住んでいて、その方たちと、私はまだおつきあいが続いています。その方々がいまの私を支えてもくれています。古谷が亡くなって三〇年は経っていますけれども、まだ途切れずおつきあいできることをほんとうに嬉しく思っています。古谷と親しくても私とはとくにおつきあいがなかった方も、その方の奥さんと仲良くなり、以来ずっとおつきあいが続いています。

梅干しや紅生姜を漬けた、蕗の薹が出た、女池菜《めいけな》が出た、菊の季節になった、茶豆が旬だ、釘煮を作ったなどと、折につけ送ってくださるのです。

私は九十六歳になって、いまは梅干しなど漬けるのは面倒になっていますが、昔私が作り方を教えた人が今度は作って持ってきてくれる、そんな食べものがつなぐおつきあいもたくさんあります。

相手のことを思う気持ちを

ご縁があってできたおつきあいを長く結んでいくには、必ず自分流の気持ちの表現をするということです。

おつきあいに大切なのは、相手のことを思うことだと思っています。といって、ベッタリするのは嫌ですから、そのとき、自分の嬉しかった、楽しかったなどの気持ちを素直に表す、伝え合うといったことをします。あの人に教えてあげたいな、こういうことが好きだったな、喜ぶ顔になるかな、などと考えながら手紙を書いたりしています。

私は電話で交際をすることは苦手です。みんなそれぞれの生活がありますから、電話での長話はできないのです。相手のことを思う気持ちがあれば、自然とそうなるのではと思うのですが……。

いま、ほとんどの人が使いこなしているメールを私は持ちません。でも、メールではなかなか相手を思う気持ちが伝わらない場合が多いような気がしています。

私は昔人間ですから、そう思うのかもしれませんが、メールでは細かい気持ちの表現は難しいのではないでしょうか。

これからのおつきあいで、互いに伝え合う気持ちを表現するとしたら、メール以外の別な方法も持たないといけないかもしれません。

いまは、もしかしたら、相手のことを思う気持ちまでも、薄れているのかもしれませんね。

上手に垣根を作る

人とのおつきあいでは、どこまで譲るか、自分の気持ちを抑えるかなど、難しいものですが、私のつきあいは、目の前のその人を信用して、過去がどうだとか、親が何をしているとかなどを、まったく気にしないことが、関係を長く続けてこられた理由だと思っています。そのとき出会ってお互いに通じるものを感じ、いい人だと思ってつきあう、というだけのことです。

古谷がいたときから、我が家には人が頻繁に出入りしていましたから、どんな方ともたいてい平気でおつきあいできるようになりました。

外から来る人を拒否する気持ちは、誰でも多少はありますし、また家の中を見られるようで、嫌だと思われる方も多いでしょうが、私はそういった気持ちを持つことが少なかったので、おつきあいがいまでもつながっているのかもしれません。

例えば、『新潟日報』の学芸部長をへて重役になり退職された方がいらっしゃいます。その方は古谷とおつきあいをしていたのですが、古谷が亡くなってからは、私のほうが奥さんと親しくなり、お料理や旬の野菜などを送っていただき、東京に来れば、必ず寄ってくださるまでのおつきあいになったのです。こんな具合に、私は人づきあいをすっと受け入れるところがあるので、本当は、人づきあいが好きなのかもしれません。

ただ、価値観が違う人、嫌いな人とはつきあいません。その判断というのは、私なりの価値観センサーというかメーターのようなものがあって、これが垣根となっているということでしょうか。といっても、おつきあいの垣根は大きく、広く、そして低いようで、これが、私がどなたとでも、気楽に、すっとおつきあいができる理由でしょう。

私がお取り寄せをしている、小田原の下田豆腐店の奥さんとは、一度もお目にかかったことがないのですが、仲良くさせていただいています。初めは、神奈川県庁の方が商品を送ってくださったのですが、それがあまりに美味しかったので、またお願いしたいという手紙を書いたのです。

そこから、いろいろと送っていただくようになり、そのうち、このようなものが出来たので味をみてください、などと言っていただくおつきあいになったのです。私も地方に行ったときなど、その方がお好きだと思うものを送ったりしていますが、相手のことを気にかける、押しつけでない気遣いが、お目にかかってもいないのにいままでおつきあいが続いている理由かもしれません。

私は、何気なく、気持ちのいい人、気持ちが合う人とつきあってきたのでしょう。自分ではそうしたつもりなどありませんのに。ベッタリしているわけでなくても、長く続いているのは、そうしたことかもしれません。

古谷はよく「収入の一割で暮らせ」と言い、我が家ではその通り実行してきました。九割は人との交際とそれにつながる経費に使っていました。古谷が言ったほんとうの意味は、収入の九割が人との「交際費」ということではなく、九割は自分たちで使うお金ではない、人のものだと思って暮らせ、ということだったのです。

人とのつきあいというものの一つの在り方を教えられた、といま私は思っています。

義理は背負わない

歳を取ると、できること、できないことがハッキリとしてきます。私はもともと、あまり派手なことが好きではありませんから、自分の出版記念パーティも最初の一回だけしかしていません。もし、パーティに来ていただいたら、その方が何か催しをするときにはお断りすることができなくなります。これは一つの義理だと思うのです。こうした義理を背負うことも、また相手にそれを背負わせてしまうことも好きではありません。この歳になったのですから、自分中心に、できることは一生懸命に、できないことはせず、正直に生きていきたいのです。

例えば冠婚葬祭も、八十代後半くらいからでしょうか、足が弱り、足元が気になるものですから、お通夜、お葬式などは出ないようにしてきました。ほんとうは申し訳ないと思うのですが、しかし、出席してその場で転ぶようなことがあっては、かえって私自身の心の負担になります。義理は背負わずに、許してもらうようにしています。

最近でも、私もかかわりのある学園の学長が亡くなったのですが、お葬式は失礼させていただき、追悼会には出席しようかなと思っています。無理なく、私ができる範囲のことをしようと考えながら、おつきあいをしています。

病気見舞いについても、同じです。こちらは元気ですから、会話などでも優位に立って話をしてしまいがちな気がします。病気の方は、病む姿など見せたくない思いもあります。お見舞いに来られたら、それでもお礼を言わなければならないというのでは、かえって申し訳なく思います。

見舞いたい気持ちを表す手段を、私は考えます。例えば、手紙を差し上げる、留守宅の手助けをするなど、さりげない形でのお見舞いにして、直接に見舞うのは失礼するのが、マナーといえるのではないでしょうか。

心地よい人間関係を持つ

お互いのことを理解して、思いやれるのが友人であり、それが心地よい人間関係だと私は思います。よくお互いの距離感もなく、相手のことをなんでも知っていないと気がすまない、相手の世話を焼く、いわゆるベッタリとするのが友情、と考える人がいますが、ほんとうにそうでしょうか。私は違うと思います。

相談を受けて、できないことはハッキリとさせる勇気も必要です。無理をしても相手が困ったときに助けてあげれば、相手は恩義に感じるかもしれませんが、それが将来相手の負担になることもあるのです。

ほんとうの友人は、それほど多く持てるわけではありません。友人と一緒だと、寂しさや孤独を紛らわすことはできますが、それだけを相手に求めては、ほんとうの友情は育たないと思います。寄りかかり合うのが友情ではないと思いますので。

ほんとうの友情は、ひとりひとりが独立した者同士の関係だからこそ成り立つものではないかと思っています。心が通い合った、気持ちよい友人が数人いれば、ひとりでも孤独は感じないものであると思います。

人に何かをしてもらえれば、嬉しいし、感謝もします。でも、私はこちらからはできるだけ、そうしてほしいとは求めません。もちろん、友人にも甘えることはできないと思っています。

友人に何かを求めたいと思ったときは、果たして自分はそれと同じことを友人にしてあげられるかどうか、自分に問いかけてみることにしています。

寄りかかり合わないからこそ、心地よい友人つきあいができると、私は思っています。

無理なく友達の輪を広げる

多くの方たちとのおつきあいは、私の元気の素、財産です。いいおつきあいは、心も脳もイキイキさせます。古谷が残してくれた交友関係が、いまも続いていますが、夫が社交的な人だったかというと、まったくそうではありませんでした。人の好き嫌いがたいへん激しく、そのため、私がいろいろとフォローせざるをえませんでした。でもそのおかげで、多くの方との交友の輪が広がり、誰とでも無理なくおつきあいができるようになりました。

私もいろいろな会にかかわりを持っています。それらのグループに参加しているのは、いろいろな方の話を聞いたり、少しでも人のお役に立てることがあればと思ってのことです。

グループに参加していると、多くの方にお目にかかる機会が得られ、そこでメンバーからほかのメンバーの方の紹介があると、さらにおつきあいの輪が広がっていきます。このように知り合った方の中には、牧師さん、映画配給会社の方、野球のコミッショナーの方などもおられ、私のまったく知らない世界を知ることができて、とても新鮮で、楽しい出会いと嬉しい経験をしています。

よく、友人ができないとか、友人を作るにはどうしたらよいかなど聞かれることがあります。私は、友人は作るものではないと思っています。同じ価値観を持つ人に出会うと、そこで自然におつきあいが生まれ、それが深くなっていくと、友情にも育っていくのだと思います。

友人を作るためにグループに参加しても、難しいでしょうが、同じ目的で一緒に活動に参加していくうちに、無理なくおつきあいができるようになるのではないでしょうか。

また、手仕事などの趣味を活かすのもよいと思います。実は、私の姪はいわゆる「箱入り奥さま」だったので、夫を亡くしたときに放心状態になって、生きる希望までも失いそうになっていました。

それで、絵手紙を描いてみたらどうかと勧めました。始めてみたら、とても相性が良かったらしく、元気になり、一生懸命打ち込んで、展覧会を開くまでになったのです。絵手紙を通して、おつきあいの輪も広がり、八十五歳のいまは、イキイキしたひとり暮らしです。

自分を律し、謙虚に

老いてくると、心もタガが緩んできます。自分に甘くなってしまうということなのですが、それがおつきあいにも出てしまうことになります。

自分の都合で相手に期待をしなければ、おつきあいも煩わしくならないと思うのですが、タガが緩んでいると、そうはゆきません。

自分の都合で期待したことが期待通りにいかないと、「他人のせい」にし、自分を省みることを忘れ、他人が悪いと思うことになります。これでは、おつきあいのトラブルが生じてくるでしょうし、そうなると、煩わしく、面倒なことになりかねません。おつきあいを減らすことになり、孤独感にもとらわれやすくなるでしょう。

歳を取ると若い方とのおつきあいのほうが多くなりますが、気負うことなく、また、これまで通りに立ち入りすぎないおつきあいをしています。個人的なことを根掘り葉掘り聞かない、人の暮らしに必要以上に立ち入らない、お節介は焼かない、などと心しています。

また、歳を取るといろいろと忠告してくれる人も少なくなりますが、たまに人のことばに耳を傾けると、それはほんとうだなと、身にしみることもあります。親戚の若い者は、ストレートにものを言ってくれますから、耳を傾けるようにしています。

年長者だからといって、上からものを言うようなこともしません。いまは、若い人のほうが新しい社会の動きをよく知っているので、あれこれ質問をして、知らないことを教えてもらっています。

さらに、ものの貸し借りなどのけじめをつけることも大切です。私は年末にものの整理と一緒に、貸し借りの整理をしています。もし、お貸ししたもので返してもらっていないものがあれば、「年末の整理をして気が付いたのですが……」と言うと、切り出しやすいと思います。返してもらえていないと、ずっと心にモヤモヤを溜めておくことになり、おつきあいや友情にもヒビが入ることになります。スッキリと、けじめはつけることです。

贈りものをする喜び

古谷がいる頃は、贈りものをするというおつきあいを好みませんでしたから、ものを贈ったり、贈られたりということはありませんでした。私は特別、お中元やお歳暮などは贈りませんが、気持ちを表すのに、ちょっとしたお届けものをすることは、ひとりになってから、まめになってきました。

全国各地にいる友人からの野菜、果物、手作りの品などの宅配便が届くと、送ってくださる方の気持ちが嬉しくて、いそいそしてきます。そんな方々へも、食べておいしかったこれぞと思う品をちょっとお送りすることが、私の喜びです。

時には、美味しいお菓子が届いたのでお茶を飲みにいらっしゃいませんか、と誘ったり、一括して我が家に届けてもらい、それをみんなで分けたりしますが、これはほどよい距離感のおつきあいだと思っています。

お取り寄せや全国からの頂きものを話題にして、友人同士、グループのメンバー同士で、話が弾んだり、思わぬ話題が飛び出して白熱することもあります。

そんな時間は私にとっての大きな楽しみのひとつでもあり、生活の潤いですから、これからも、ちょっとしたお届けものをするおつきあいは続けていきたいと思います。

待つ楽しみも味わって

昔から私は、人との待ち合わせの時間は、一足早くを守ってきたところがあります。人をお持たせしない、ということもありますが、目的地に着くまでには何が起こるかわからない、とくに歳を取ってくると、足元がおぼつかなくなり、予期していない不都合も生じてきます。それを考慮すると、早め早めの行動を、ということになります。慌てるより、余裕を持ったほうが、待つ楽しみもできるからです。

最近はとみに足元に自信がなくなり、時間がなくて慌てたりすると、とても危険で、待ち合わせの方たちにも迷惑をかけることになります。前よりも、もっと早めに着くように心がけることにしています。

早めに着くと、時間を持て余す、という人もいるようですが、私は楽しいのです。初めての駅での待ち合わせなどでは、見慣れない駅の様子、行き交う人々の服装、携帯電話やスマートフォンに熱中している若い人の姿などを眺めているのが楽しいのです。ときに、珍しい食べものを駅構内で販売しているところは、必ず覗いて、買ってしまうこともありますし、お馴染みの駅ではいつも立ち寄る店が決まっていますから、ぶらりと寄ることもあります。

その人の性格なのでしょうか、必ず遅れてくる人がいますが、相手のことをよくわかっていると、腹も立ちませんし、腹を立てるだけ、気持ちがカサカサしますから、楽しい時間に水を差すことになり、かえってストレスにもなり、損です。せっかくの時間を十分楽しむためにも、待ち合わせより早く出かけて、ちょっと社会見学をしてみたいのです。何しろ、私は時間だけは十分持っている、「時間持ち」ですから。

手紙や葉書は元気の素

私は、毎日一～三通の手紙や葉書を書いています。読者の方からいただく手紙の返事、いただいた品へのお礼、何か送るときの添え状などです。読者への返事は必ず返事を書きます。また、頂きものなどのお礼は電話でもいい、という人もいますが、やっぱり手紙のほうが心を伝えられる気がします。その方のことを思い浮かべて、ゆっくりと考えながら書くのですから、スローな手書きが、私には似合っていると思っています。

手紙を書くときの静かな時間は、友人のことを思う時間でもあると、私は思っていますし、また、このときは脳がフル回転しているので、脳の活動でもあると思っています。

普段から、私が「お礼状は必ず郵便で」と言っているので、親戚の者がそれに倣って、子供のおやつ菓子をもらった際、お礼状を出そうとしたら三日もかかったと電話してきました。

なぜかと尋ねると、「だって、葉書の買い置きなんてうちにないもの。郵便局へ行くにも子供を連れて出なければならないでしょう？　ぐずったり、出かけるなら買い物もあるからおむつを換えたり、ごたごたしているうちに雨が降ってきてその日はダメ。パパに電話で葉書を買って来てもらって、さあ書こうとしたけれど、一日の疲れが出て眠くなったので……」と書けない理由を延々と続けるのを聞いているうちに、そうか、便箋や封筒、葉書や切手など、いまの人は用意のない場合が多いのか、電話やメールの現代人と私は違うのだと考え込んでしまいました。

彼女はなんでも電話です。声も聞けるし、手紙よりずっと早くていいと、いつも私のことを笑うのです。こういう話ができるのも身内の者だからで、私自身が、自分なりの思いでしていることを、人に強要してはいけないと反省もしました。

しかし手紙や葉書でつながるおつきあいは、私にとっての元気の素でもあるのです。我が家の庭に咲く花や実を、甥夫婦がデジカメで撮ってパソコンで絵葉書にしてもらったこともあります。これは私らしくて、気に入っています。花好きの人にはこれ、果物が好きな人にはこれ、などといろいろ相手によって考えながら選ぶのが楽しいのです。

そして、書いたらその日のうちにポストに投函に出かけます。これは、私の運動不足解消にもなっています。歳を取ると外出が億劫になりますが、私の場合は手紙が外に出るきっかけになっているのです。いいお天気の日には、近くを一周したりします。

我が家の郵便受けは特大のもので、毎日受け取っている郵便物の中に手書きのものを見つけると、ワクワクとして、嬉しくなります。私は、おつきあいのツールとして、ずっと手紙や葉書を書き続けていくでしょう。

夫婦が老いを迎えるとき

六十代の定年前後の男性で、家事を積極的にするという人は、まだ少ないでしょう。「家事は男のする仕事ではない」というところがあり、男性には習性のようになっているのだと思います。

歳を取って、食事の支度一つできないのでは、いずれ困るのは自分なのですから、少しは覚えてもらったほうがいいかもしれません。

私の場合、なんでも自分でしてしまい、夫に何もさせなかったため、古谷に自分はしなくていいのだ、と思い込ませてしまったことが失敗のようです。

私が五十肩で手が自由にならなかったとき、窓のシャッターがどうしても上げられず、「手が痛くて窓が開けられないので、すみませんがお願いします」と言ったら、黙ってシャッターの巻き上げをしていました。巻き上げるにはかなりの力がいるので、力仕事は手伝わなければと初めて感じたのか、私の手が治っても、窓は開けるようになりました。

私も「もういいから」とは言わずに、当然のように夫の仕事にしていました。

いちばん怖くない、ワガママの向けどころが「妻」なのです。相手を変えるのは難しくても、こちらが気にしないほうが簡単です。チャンスがあったら、こちらの言いたいこともハッキリと言っておくことです。といって、古谷が変わったわけではありませんので、私の場合は結局失敗ですね。

姑光子の介護のときには、せめてもう少し、夫を頼りにすることができたら……といまでも思うことがあります。介護は妻がひとりで担いきれるほど、なまやさしいものでは決してありません。

私の場合は、それをひとりで背負い頑張りすぎたために、疲れが溜まってイライラしてくる気持ちを抑えられなくなり、いつもなら「まあ仕方ないや」と受け入れてきた夫のワガママを我慢できなくなることもありました。

一方、夫のほうも、私が光子のために手を取られる分だけ、自分が不自由な思いをさせられるので、だんだんと不機嫌になっていくのがよくわかりました。

そんなときは、夫婦の間でどうでもいいようなことでも、つい感情的になり、言い争いをすることがよくありました。

「歳を取ると人は円熟するというのは大間違いで、他人が見て、もしもそう思えるとしたら、それは衰弱したということだ。円熟なんていうのは、年寄りをいたわるためのことばだと思わないか」と、晩年の古谷は口癖のように言っていました。

疲れが溜まりすぎると、人の気持ちを思いやる許容量が少なくなってくるのだな、と感じていましたので、古谷のことばに深くうなずいたのを覚えています。

夫は晩年、少しうつ状態になり、外出さえあまりしなくなりました。老人性のうつは、いろいろな形で表れました。その一つが、原稿が書けなくなったことです。

『新潟日報』に、東京から新潟のことがどう見えるかをテーマにした「新潟遠望」という連載を続けていました。一八年毎週続いたこの原稿が、あるときから筆が進まなくなったのです。

書けないことで、ずいぶん苦しんでいるようでした。「どうしても書けなくなったので、このへんでやめてもいいかな」と、古谷から相談され、私も悩みました。

ずっと書いてきた人が書くことをやめたらどんなに辛いか、でも、書けないで落ち込んでいる姿を見ているのは、もっと辛いことです。「苦しかったら、やめたほうがいいんじゃない?」。私のことばに古谷はホッとしたような顔で、連載からおりました。

書くことをやめた古谷は、家の中ではますます気難しくなる一方でしたが、私はそれまでと変わらずに家事と仕事で精一杯でした。

マスコミ向けの執筆はやめていましたが、長年続けてきた勉強会「むれの会」の会報『むれ』にだけは最後まで書いていました。

私が夫・古谷から学んだことはたくさんありますが、いちばん大きかったのは「ウソのない生活をする」ということでしょう。自分のままで生きることを考えろ、ということだと思います。私の晩年は、このことば通りの暮らしになっているように思います。

第6章

私を励ましてくれたことば　残したいことば

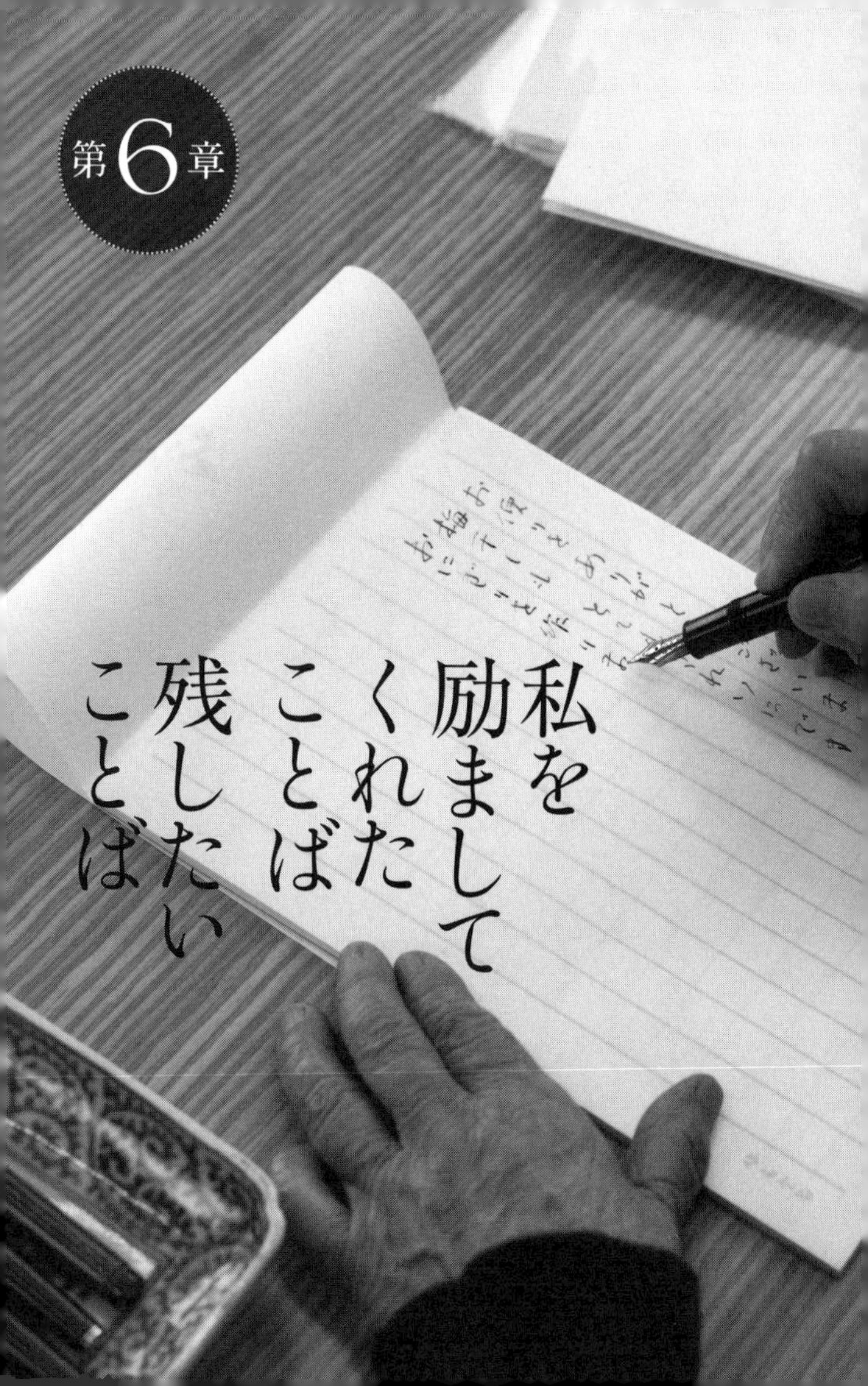

「世の中の美しいと思うことは、
どんな小さなものも見逃すな」

古谷が口癖のように言っていたことばです。

このことばがきっかけで、私は古谷が亡くなったあと、家のあちこちに虫眼鏡を置くようになりました。

花でも、虫でも、動物でも美しいものばかりです。それをジッと観察します。

もちろん、外に出たときは、美しい景色、人、建物なども観察します。

また、美しい人の心、人の内面的な美しさは心の拡大鏡で見ます。

古谷は、「素敵な人だなと思ったら、その人のいいところを決して見逃さずに、トコトン見る」と言っていました。

私も、美しいと思うことを一生懸命見るようにして、例えば、人のしぐさなども、「あっ、きれいなお辞儀の仕方だな」と気が付いたりすると、さまざまなことがよく見えるようになります。

見たあとで、どうしてあのように美しい心が持てるのだろうと考えたりすることも大切だ、と思うようになりました。

夫には教えられたことが多く、いまの私にとっては古谷のことばは宝物のようになっています。

「悪いところは三歳の子供にもわかるのだから、わざわざ見ることはない。人も同じだ。いいところだけを見ろ」

このことばも古谷がよく言っていました。

長所、短所は誰にでもあります。短所ばかりに目を向けるのは、もったいないことです。

人のいいところ、その人の可能性の芽を発見しようと接していると、おつきあいがとても気持ちよくできます。

古谷は、その人の過去がどうだったか、親がどんな人かなどは、まったく気にしない人でした。この点は、私も同じです。

我が家で働いてもらった人たちはたくさんいますが、その人たちの履歴書は一度も見たことがありません。そのとき、出会ってこの人はいい人だなと思えば、それでよかったのです。

私は、他人の悪口や噂話には、絶対に参加しないことにしています。

みんなと仲良くしようと思わなくたってかまわない、自分は自分です。みんなに好かれようとすると、おつきあいはとても辛いものになってしまいます。仕切りたい人には仕切ってもらっていいではありませんか。そんなところで自分の力を発揮しなくても、自分をしっかりと持っていればいいのです。

また、相手と同じ意見ではないというときは、「私はそうは思えない」と答えることにしています。「そうは思わない」と言うより柔らかい印象になり、抵抗が少ないようです。

せっかくおつきあいをするのですから、長所を見て、おつきあいをしたいものです。

これは、人とのおつきあいを考えるうえでいいことばだと思っています。

「苦労すればするほど柔らかに、
素直になれる人がいる」

大変な思いをしても、人を恨まず、ねたまず、心を閉ざさないで生きることが大事です。辛い思いをしたからこそ、優しくなれることがあります。

私たちはかつて戦争ですべてを失いました。そして、戦後はアメリカの豊かな生活が羨ましくて、ウサギ小屋と揶揄されながらも、モノを手に入れたいと走り続けてきました。家をモノで一杯にして、それで幸せになったような気持ちでいたのです。

二〇一一年三月十一日。この日から、人間にとって何が大事かということを、みんなが改めて考え始めたのではないでしょうか。

震災ではたくさんの人が大切な命を失いました。家族がバラバラになった人もいっぱいいます。

残念ながら、なくして初めて見えてくることもあるのです。

もっと豊かになりたいと思ってきた人も、ごく当たり前の暮らしができることがどれほど大切かということに気付いたのではないでしょうか。

幸せは普段の暮らしの中にある、ということを。

自分に与えられた命がどれほど大切かということを。

ささやかな幸せに気付くと、人生の喜びがいっそう深くなることもあります。こんな人生の大切さを教えてくれた古谷と巡り合い、共に暮らせた私は、ほんとうに幸せだと思います。

「日本の食生活はとてもいい。ただカルシウムが不足しているので、牛乳一本を足す」

いまは何かというと、健康、健康といいますが、健康とは、普通に暮らすことで、現在言われているようなことではないと思います。当たり前に生活をすること。当たり前の生活というのは、昔から日本人が食べてきたもので、それを続ければいいのです。

香川綾先生は、「日本の食生活はとてもいい、ただカルシウムだけが不足していますから、普通の日本人らしい食事に牛乳を一本つけなさい。そしたら充分です」。

このようによく話してくださいましたが、その通りで、私はずっとそれを守っています。

私は、いろいろ食べているわけではありません。毎日の暮らしで、特別なものは食べてきませんでした。野菜があれば野菜を食べ、肉も好き、魚も好きですが、一度にそんなに食べられるものでもありませんから、基本は適当です。ただ、野菜が好きなので、野菜を一生懸命に食べる、果物は大好きだからよく食べる、というそれだけです。

私たちは健康、健康と毎日脅かされていますが、自分の健康なのですから、自分で考えて、身体に必要なものを食べればいいのです。

例えば、私は夏になると、鰻を食べに行きますが、それだけでは野菜が不足しますから、帰ってから、野菜か果物を食べます。このように考えて食べることが、健康につながるのではないかと思います。

「望みはなるべく小さく持ったほうがいい」

児童文学作家の寺村輝夫さんの結婚式に招かれたとき、恩師の坪田譲治先生が祝辞を述べられました。その祝辞に、生き方を教えられました。

結婚式ですから普通は「望みを大きく持て」と言うのですが、先生は「望みは小さく持ったほうがいい」と言われたのです。

私におっしゃったことではないのですが、「はっと」思ったのです。うわあー、すごいことばだと思いました。

それが、いまでも一生忘れられず、私の人生に影響しています。

あまり大きな望みを持ってしまうと、そこへ辿り着くまでがなかなか大変ですし、辿り着けないこともあるでしょう。しかし、小さな望みだったら、辿り着けるし、だいたいできそうな望みを持って、それに一生懸命に向かっていくと、できたときは充実感がありますし、そこからまた、もう一つ先が望めます。

このようなことを坪田先生は教えてくれました。すごく感動しました。

いまでも、先生のこのことばは忘れられないし、自分でもそのようにしてきたつもりです。

ですから、私はあまり大きな望みは持たないのです。

「傲慢は自分を滅ぼす」

料理研究家の飯田深雪先生が、おっしゃったことばです。先生はクリスチャンでしたが、ほんとうにそうだな、と思いました。

傲慢は、ものすごい損失です。また、傲慢になると、身を滅ぼします。

このことばは、時々思い出します。

私は、人の話を聞くことが多かったので、ちょうどそのときに何か響いて、感動したことばを、忘れられないのです。感動すると、それに突っ込んでいってしまう性質ですが、ふっと感動すると、自分の肥やしになりますから。

感動を望んでいれば、出会えると思います。古谷にはいろいろなことを言われましたけれど、やっぱり「人のいいところだけを見ろ」と言われたことは、ものすごく大事なことだったなと思いますし、そういうことばを残してくれたことは、ありがたいと思っています。

「ひとりを慎み、自分を甘やかさない」

九十歳を過ぎて、ひとり暮らしでは、大変なことも増えてきました。たくさん歩けない、重いものを持てない、高いところのものを取ったりすることもできません。

でも、食事のしたく、掃除、草花に水をやることなどはできます。ひとり暮らしですから、少しくらい無理をしても、自分のことは自分でやらなくてはなりません。

もし、辛い、できないと自分を甘やかしたら、無限に人に頼ってしまうでしょう。そのほうがラクですから。

ひとり暮らしだからこそ、「ひとりを慎む」ことが必要だと思っています。転んだりすると困りますから、無理はしませんが、できることはやらなくてはと努力しています。

「人生こうあるべし」にとらわれない

価値観は、みんな違う。個性もそれぞれです。老人とか、女はこうあるべし、もちろん人生こうあるべしなどという考えもありません。

同じ人間でも、考え方は変わります。私も姑の介護をしていたときは、老人問題は介護問題だと思っていましたが、自分が介護される側になってみると、見方が変わりました。介護が大変だという話ばかり取り上げられると、歳を取ったら、生きていては悪いみたいで、イヤです。

老いてからの問題は、楽しみ方が大切だと思うようになってからは、考えも変わりました。

人生こうあるべしと決めつけずに、もっと自由に老いのことも考えていきたいです。

「いま、持っている幸せをかみしめたい」

私は、過ぎ去ったことにいつまでもこだわらないで生きています。

たとえ、自分が描いた人生設計が、その通りにいかなくなったとしても、また違う楽しみを見つけていけばいいのです。

歳を取ったら、読もうと思った本が、目が悪くなってなかなか読めなくなったとか、旅行をしようと思っていたのに、足が悪くなって行けなくなったりとか、いろいろと予定通りに進まないことはあるものです。

身体の衰えも進行してきます。でも、誰でも変化に不安はあるのです。不安ばかりにとらわれると、楽しみさえ失うこともあります。

私は同じ生きるなら、楽しく生きなければ損だと思っています。なんでも楽しもう、その年代なりの楽しみがきっと見つかるはず、いま持っている幸せを感じていけばいいのです。

昔と違い、いまはのんびりと、いろいろと聞いて、見て、味わいながら、日々を過ごして、満足しています。

「クヨクヨしてもはじまらない」

元気で仕事をしていても、時々は疲れ果てて、これで続くのかしら、いつまでに約束したことを果たせるかしら、と不安に思うことはあります。でも、そんなときは、できなければ仕方がない、それでやっていくしかない、そう思うのが私です。同じ生きるのなら、クヨクヨしてもはじまらない、明るいほうがいい、明日は明日でなんとかなるだろう、と暮らしてきました。

いままで深刻な病気に襲われることもなく、健康に恵まれているからこそ、言えることとです。もし病気になれば、入院して治してもらえばいいわと、病気を健康の続きのように考えている、呑気なところが私にはあります。

このように考えるようになったのは、若い頃は豊かとはいえない生活でしたし、まして戦争を挟んでいますから、なんでも明るく考えなくては日々の暮らしをやっていけなかった、ということが、逆にいま役立っているのではないかと思っています。

「ひとりで生きる」

私自身は子供を持たなかったこともあって、家族がいたときから、いずれはひとりで生きるしかないと思い、「ひとり暮らし」を将来の生活設計の中に組み込んでいました。

家族の中で私がいちばん若かったので、その可能性は高かったのです。もし、子供がいたとしても、積極的に「ひとり」を選んでいたかもしれません。

「ひとり」を意識した理由の一つは、「人間の気持ちは明日どうなるか誰にもわからない」ということが考えられるからです。どんなにいい人だと思って結婚しても、明日も明後日もそう思えるかはわからない、と私は思っています。

いつひとりになってもかまわない、それも仕方がない、と結婚後もずっと思っていました。

人間の心は明日どうなるかわからない、だから、今日を大切に、精一杯過ごしたい、ということなのです。

いま、振り返っても、二人、あるいは三人の暮らしは、決して馴れ合いではない、充実したものだったと思います。二人とも、私が最後まで看取ることができたので、私の人間としての責任が果たせたと喜んでいます。

「今日が最高!」

老いの孤独は誰にでもありますが、私のように、ひとりの気楽さ、気ままさを心の底から楽しんでいると、落ち込んで暗くなっている暇もありません。いい生き方はいい死に方につながると、私は考えています。ですから、いまの穏やかなひとり暮らしは、人生のしまい方としては、かなり気に入っています。

いい生き方といい死に方は表裏一体。いい人生のしまい方を考えることは、結局、いまをどう生きるかを考えることだと思います。

「今日が最高！」は、いま、持っている幸せをかみしめることば。

毎日、毎日、「今日が最高！」と思って暮らしたいです。

今生《こんじょう》のいまが倖せ衣被《きぬかつぎ》

鈴木真砂女の俳句です。波瀾万丈の人生を送った女性ですが、こういう境地に辿り着いた深い思いがあふれる、私の好きな句です。

付録

大好きなおかず春夏秋冬

春のレシピ

キャベツのコールスロー

キャベツは上下半分に切った上の部分を使い、冷蔵庫に残っているニンジン、キュウリ、ミカン、リンゴなどを加えるのも、私流コールスロー。

■**材　料**■キャベツ1／2個、リンゴ1／2個、サラダ油大さじ2、塩小さじ1、レモン汁1個分（酢なら大さじ2）

■**作り方**■キャベツは細かく千切りにする。リンゴは皮をむいて、千切りにする。サラダ油、塩、レモン汁を合わせ、キャベツ、リンゴとさっくりと和える。冷蔵庫で三～四日は日持ちする。残ったら、パンにのせたり、水気を切ってマヨネーズで和えたりしても美味しい。

新玉ねぎのおかかサラダ

薄く切った新玉ねぎにおかかをのせただけのサラダ。油ものを食べたあと、お口直しの感覚でさっぱりと。

■**材　料**■新玉ねぎ1個、糸かきかつおひとつかみ

■**作り方**■玉ねぎは縦半分に切り、薄くスライスして水にさらす。水気を拭き取り、皿に盛り付け、糸かきかつおを天盛りにする。好みでしょうゆをかけていただく。

グリンピースの汁かけ

これは、谷川俊太郎さんのお母様から教わったレシピ。お母様の故郷、京都・淀の料理ということだった。ご実家からグリンピースが届くと、お裾分けしてくださり、真似して作ってみると美味しくて、家族で大好きなレシピになった。

■**材　料**■さやから外したグリンピース2カップ分、一番だし2と1/2カップ、天然塩小さじ1、濃口しょうゆ小さじ1

■**作り方**■一番だしに塩としょうゆを加え、ひと煮立ちさせる。そこに、むきたてのグリンピースを入れて煮る。グリンピースがやわらかくなったら、汁ごとお椀に盛る。ご

飯のようにスプーンですくいながらいただく。

サラダ寿司

炊きたてのご飯をフレンチドレッシングで和えて、残り野菜と冷蔵庫にあるものを散らしただけ。急なお客様にもお出しできる。

■材　料■温かいご飯茶碗3杯分、フレンチドレッシング大さじ3、セロリ、レタス、パセリ、トマトなど野菜適宜、ロースハム3枚、茹で卵2個、飾り用のパセリのみじん切り大さじ1

■作り方■温かいご飯にフレンチドレッシング大さじ2をかけて混ぜ合わせる。野菜とロースハムは千切り、茹で卵は輪切りにする。フレンチドレッシング大さじ1と野菜を和える。ご飯と野菜をさっくりと和え、器に盛り付けて、茹で卵とパセリを散らす。

夏のレシピ

枝豆ご飯

青みが冴えた枝豆にするには、茹で方にちょっとしたコツがある。煮立ったお湯に塩加減は少しきつめにし、茹であがったらサッと水をかけて茹だりを止めること。
■材　料■さやから外した枝豆1カップ、米2カップ、天然塩小さじ1、昆布10センチ
■作り方■枝豆はややきつめの塩加減（分量外）で硬めに茹で、豆を出しておく。といだ米に昆布を差し入れ、水加減をして塩を入れて炊く。蒸らしの直前に枝豆を加え、炊き上がったらさっくりと混ぜる。

ドライカレー

私は脂身の少ない牛ひき肉で作る。辛めが好きなので、カレー粉は辛口で。ちょっと多めに作っておき、トーストしたパンにレタスと挟んでカレーサンドイッチにしても美味しい。
■材　料■牛ひき肉200g、玉ねぎ1／2個、ニンジン5〜6センチ、ピーマン2個、カレー粉大さじ1と1／2、オリーブオイル大さじ2、ローリエ1枚、塩小さじ1、胡椒・オールスパイス・トマトケチャップ各少々
■作り方■玉ねぎ、ニンジン、ピーマンはみじん切りにする。フライパンにオリーブオイルをひき、野菜を炒め、牛ひき肉を加え、さらに炒める。肉の色が変わったら、カレー粉、塩、胡椒、ローリエを加え、焦がさないように炒め合わせる。仕上げに、好みでオー

ルスパイス、トマトケチャップを加える。

セロリの牛肉炒め

歳を取ると、牛肉を控えたり、繊維が硬いからとセロリを召し上がらない方もいるようですが、どちらも栄養価の高いもの。たまにはお客様のもてなしに。

■**材　料**■牛肉150g、セロリ2本分、セロリの葉適宜、しょうゆ大さじ2、酒大さじ2、オリーブオイル大さじ2、胡椒少々

■**作り方**■牛肉は5ミリの細切り、セロリも斜め細切り、葉はみじん切りにする。フライパンにオリーブオイルをひき、牛肉を炒める。牛肉に火が通ったら、セロリの軸、葉を加えサッと炒め、酒、しょうゆで調味し、胡椒をふる。

茗荷の酢漬け

茗荷は家の庭でできるので、酢漬けをたくさん作り置きしておく。刻み茗荷を温かいご飯に混ぜて作る茗荷寿司も美味しい。夏ならではのレシピ。

■**材　料**■茗荷10個、合わせ酢（昆布だし30cc、みりん30cc、酢30cc、天然塩小さじ1）

■**作り方**■茗荷は洗って熱湯で20〜30秒ゆがく。ザルに上げ、粗熱が取れたら、合わせ

酢に漬けて煮沸したビンに入れる。保存して季節のとき以外でもいただく。

トマトのジャム

トマトが熟れすぎたとき、たくさん買ったとき、ソースも便利だが、ジャムにしても美味しい。ジャム作りが初めての人でも簡単にできる。ジャムはある程度甘くしないと、日持ちがしない。

■**材　料**■トマト大3個、砂糖トマトの重量の1／2

■**作り方**■トマトはヘタを取り四つ割りにして、火にかける。とろっとしてきたら、濾し器で濾し、砂糖を加えてさらに煮る。表面がふつふつしてきたら、とろ火にしておよそ5分煮て、火から下ろす。粗熱が取れたら、煮沸したビンに入れて保存。

秋のレシピ

炒り鶏

筑前煮のことを東京では、炒り鶏と呼ぶ。同じ料理なのに、九州ではがめ煮と呼ぶなど、料理の名前にも郷土色がある。季節により、筍、銀杏などを入れる。青みも絹さや、木の芽を使う。煮物はちょっと作っても美味しくない。多めに作り、いただくときは、酒をふって炒り直すと日持ちする。

■**材　料**■鶏もも肉300g、金時ニンジン100g、ゴボウ100g、干し椎茸小5枚、こんにゃく100g、銀杏20粒、絹さや10枚、レンコン100g、サラダ油大さじ2〜3、私のだししょうゆ大さじ5、塩ひとつまみ、酒大さじ1〜2

■**作り方**■金時ニンジン、ゴボウ、レンコンは乱切り、干し椎茸はもどして四つ切り、こんにゃくはあく抜きして一口大にし、銀杏は殻をむき下茹でして薄皮をむく。鶏肉は一口大に切り、酒をふり、油をひいたフライパンで炒め、火が通ったら取り出す。鍋に油をひき、野菜、椎茸、こんにゃく、銀杏を炒め、だししょうゆで調味する。野菜に火が通ったら、鶏肉を加えて煮る。盛り付けて、塩茹でした絹さやを散らして仕上げる。

さつまいもとリンゴサラダ

酸っぱめのリンゴを入れてアレンジしたのが、私流のサラダ。マヨネーズに蜂蜜を加えるのは、旅先のカナダで教わったもの。昔から青菜がないときはさつまいもを食べるように教えられた。さつまいもはカロチン、ビタミンCが豊富だ。

■**材　料**■さつまいも大1本、リンゴ1／2個、マヨネーズ大さじ2、シナモンパウダー

少々

■**作り方**■さつまいもは蒸し器や電子レンジで蒸かす。皮をむき、1センチ角に切る。リンゴも皮をむき、同じように切る。さつまいもとリンゴをマヨネーズで和え、シナモンパウダーをかける。

柿とこんにゃくの白和え

私の大好物のメニュー。和え衣を作るときは、豆腐をいったん湯通しすると日持ちする。西京味噌を加えるとほんのり甘味がついて、味が引き立つ。柿の季節になると、つい嬉しくて、実が硬いうちに白和えを作っている。

■**材　料**■柿1個、こんにゃく1／2枚、かつおだし1カップ、私のだししょうゆ40cc、和え衣（木綿豆腐一丁、すり胡麻大さじ1、西京味噌小さじ2）、こんにゃくの煮汁適宜

■**作り方**■こんにゃくは短冊切りにして茹でこぼしてから、かつおだしと私のだししょうゆで煮る。柿もこんにゃくに合わせた短冊切りにする。木綿豆腐は湯通しして、水気を切っておく。和え衣の材料に、こんにゃくの煮汁を少しずつ加えてのばし、すり鉢かフードプロセッサーなどですり合わせる。食べる直前に、柿とこんにゃくを和え衣で和える。

吉沢流おでん

私のおでんは、いったん薄味で下煮してから、別鍋に一番だし、薄口しょうゆ、みりんで味付けしただしを張り、そこに食べる分だけ移して煮ながらいただく。好きな種は、こんにゃく、ちくわ、大根、はんぺん。

■**材　料**■こんにゃく2枚、ちくわぶ2本、焼きちくわ1本、魚のすじ2本、大根1／2本、はんぺん2枚、がんもどき4種8個、茹で卵5個、昆布10センチ角3枚、糸こんにゃく1袋、海老芋小8個、銀杏15粒、かつおだし1500cc、私のだししょうゆ300cc、仕上げのおでんつゆ（一番だし1500cc、みりん75cc、薄口しょうゆ75cc）

■**作り方**■大根は2〜3センチ厚さの輪切りにして皮をむき、切り口に十文字を入れ、米のとぎ汁で下煮する。こんにゃくは三角に切り、糸こんにゃくと一緒に茹でこぼす。ちくわぶと焼きちくわは4センチの筒切り、はんぺんは三角切り、銀杏は殻を割って下茹でし、薄皮をむき、串に刺す。皮をむいた海老芋は下煮してヌメリを取る。がんもどきは熱湯で油抜きして水気を切る。かつおだし、私のだししょうゆを鍋で合わせ、材料と魚のすじ、昆布と茹で卵をこっくりと煮る。仕上げのおでんつゆを別鍋にひと煮立ちさせ、材料が煮えたら移し替えて、煮ながらいただく。

冬のレシピ

牛乳粥

香川綾先生は、米寿を過ぎても、髪は黒く、新聞も眼鏡なしで読まれ、教壇にも立っておられたという。いつお会いしてもお元気で、にこやかにしておられたのを、私は見事だと拝見していた。その先生が、朝は牛乳粥を召し上がっていた、とお聞きしたので、せめて朝食だけでもと真似をしている次第だが、私のはお粥というより牛乳雑炊かもしれない。

■**作り方**■鍋にご飯とお湯か水をひたひたに入れて火にかける。ご飯がやわらかくなったら、牛乳をたっぷり加える。青菜、蒸かしたさつまいも、にんじんグラッセなどを刻んで入れる。塩味をつけ、卵を割り入れて出来上がり。硬くなったチーズをおろし入れても美味しい。

ゆず大根

冬大根が美味しい季節。千切りにしたゆず皮を入れ、しょうゆと酢を合わせた漬け汁で大根を漬ける。お茶請け、酒肴にもなる。大根は三等分した真ん中の部分を使うとよく、漬け汁も二回まで使いまわせる。

■材　料■大根1／3本、しょうゆ1カップ、酒大さじ1、酢2／3カップ、ゆず皮1／2個分

■作り方■大根は1センチ厚のいちょう切り。酒としょうゆを合わせ、ひと煮立ちさせる。そこに酢を加え、千切りゆずの皮と大根を漬ける。

我が家のお雑煮

夫や姑はお餅がとろとろに溶けたお雑煮が好きだったが、私は、焼きたてのお餅におだしをかけたくらいが好みだ。このお雑煮は、我が家の味。

■材　料■鶏がらスープ800cc、天然塩小さじ1／3～1／2、濃口しょうゆ小さじ1／2、かまぼこ紅白各4枚、小松菜2株、昆布5センチ角2枚、角餅4個、大根5センチ×1センチ短冊切り4枚、金時ニンジン5センチ×1センチ短冊切り4枚、ゆず少量

■作り方■小松菜は塩茹でし、水気を切り5センチに切りそろえる。大根、ニンジンはサッと茹でる。かまぼこは好みの厚さに切る。鶏がらスープに昆布を加え、塩、しょうゆで味付けして、ひと煮立ちさせる。餅は表面に焦げ色がつくまで焼く。鶏がらだしスー

プをサッとくぐらせた餅を器に汁ごと盛り、野菜、かまぼこなどを彩りよくのせ、ゆず皮を薄くむいてお椀に浮かべる。

干し柿のゆず和え

みんなで集まったときなどにぴったり。砂糖の代わりに蜂蜜でも。さっぱり味が好みなら、ゆずの果肉をたくさん入れるといい。

■**材　料**■干し柿3個、ゆず皮3個分、ゆずの果肉1個分、砂糖（量はお好みで）

■**作り方**■干し柿は種を取り、千六本に切る。ゆず皮は白いわたを除いて千切りにし、砂糖をまぶし、よく揉む。ゆず果肉は細かく叩き、砂糖を加えて混ぜる。干し柿とゆず皮、果肉を合わせて和える。

牡蠣のオイル焼き

夫がお世話になった先生のお宅で、粒のそろった生牡蠣を食卓でオイル焼きにしてレモンをかけながら食べたとき、熱々の牡蠣とレモンの味の相性に感激した。以来、我が家でもそれを真似た牡蠣のオイル焼きは、季節の味になった。

■**材　料**■生食用牡蠣大10粒、大根おろし1／2カップ、卵黄1個分、片栗粉適量、サ

ラダ油大さじ2、バター10g、レモン汁1〜2個分、セロリ2本、クレソン1束
■**作り方**■下ごしらえとして、牡蠣は大根おろしで揉み洗いして汚れを取る。卵黄をほぐし、牡蠣にからめ片栗粉を薄くつけて余分な粉を落とす。熱したフライパンにサラダ油とバターを溶かして、牡蠣を表面が熱々になるくらいに焼く。たっぷりのレモン汁と好みの塩をつけていただく。付け合わせにセロリとクレソンを添える。

おひとりさま寿司

おせちの煮しめが残ったら、蒸し寿司にすると、目先が変わってご馳走になる。急な来客のもてなしにもなるし、ひとりのランチにも贅沢感を味わえる。
■**材　料**■冷やご飯茶碗1杯分、合わせ酢（米酢大さじ1、砂糖小さじ1と1／2、塩小さじ1）、伊達巻、卵焼き、椎茸甘煮、ニンジン艶煮、奈良漬け、かまぼこ適宜
■**作り方**■冷やご飯と合わせ酢を混ぜる。かまぼこ、伊達巻、煮しめなどおせちの残り、奈良漬けをそれぞれ食べやすい大きさに切る。ご飯の上に具材を盛り付け、蒸気の上がった蒸し器で10分蒸す。

私の好きなお取り寄せ

山上商店の鮭

新潟の方が送ってくださったのが縁で、出会ったうす塩鮭の切り身。分厚くて、ほどよい塩加減が、好みにぴったり。薄くスライスして冷凍しておくと、そのままマリネにもできる。焼いた身はほぐして、ビンに入れておけば、お茶漬けになる。取り寄せたときには、友人たちにも「お福分け」している。

下田豆腐店の創作がんも揚げ

神奈川県庁に勤務していらした方から、ご紹介を受けた逸品。店舗は小田原にあり、百年以上続く店だそうだ。お目にかかったことはないのだが、奥さんと仲良しになって、新作ができると送っていただいている。おでん、煮物などのときに、ここのがんも揚げで私の味が際立つようだ。勉強会の特別の日の持ち寄りにも、下田豆腐店の甘辛く煮た油揚げに、私のかげんしたすしご飯を詰めて一品としている。

野中かまぼこ店の天ぷら

夫の郷里の味。天ぷらというと、衣をつけて油で揚げたものをいうが、愛媛ではさつま揚げのような練り製品のことを天ぷらという。天ぷらうどんにも、これがのっている。初めて食べたときは、東京のかまぼこと違うので戸惑ったが、いまはこちらのほうが美味しいと思っている。原料魚のハランボは、ホタルジャコといい、頭、内臓、鱗を取り除いてミンチにしたすり身を油で揚げたものなので、味はそのままハランボ。色は黒いが味よしの、時々食べたくなる一品。

山田屋まんじゅう

薄皮が、これほどまでに薄くできるのかと思えるほど薄く、中の餡は、しっとりとしてちょうどいい甘さ、しかも一口サイズ。夫の故郷愛媛の銘品だ。東京のデパートでも買えるのだが、作りたてを取り寄せている。一度に食べられないときは、冷凍にして自然解凍でいただくが、夏には半解凍で。添加物は一切なしだ。

すやの栗きんとん

中津川市にある「すや」の栗きんとんに出会ったのは、ずいぶん昔のことだ。その頃仕事でご一緒した方にいただいたと、記憶している。一つずつ、手で丁寧に茶巾で包み形作られている。いまでも変わらない作り方に、この伝統の味があるのだろう。しっとりとして、ほろほろという表現がぴったりの、栗きんとん。季節限定の品で、年に一回だけ食べられることを幸せだと思う。

モンロワールの**木の葉チョコレート**

声楽を教えていた妹が、習いに来るお弟子さんたちに、小さくて食べやすく、ちょっと可愛いと、神戸の店から取り寄せたのが始まりだった。包みの中には、可愛い木の葉形のチョコがいくつも入って、味も三種類ある。当然子供たちは大喜び。それが子供だけではなく、私もあれば仕事の合間にちょっとつまめるし、重宝で美味しいと、ついつい取り寄せる習慣ができてしまった。「お姉さん、癖になったわね」と、妹はほくそ笑んでいるに違いない。

あとがき

まだ、家族と共に暮らしていた頃、姑の身支度の時間がどうも長くなったと気づいたことがありました。

「おばあちゃま、朝ごはんができました」

と声をかけると、

「はあい、ありがとう。今いきます」

という返事はすぐ返ってくるのに、それから何かもたもたとしている気配で、声は元気だけれど足腰の弱りや動きがにぶい、という感じでした。

それが、今の私の身に起こってきています。朝、きまった時間に起きても、夜やすむ前に揃えておいた筈の靴下がみえないとか、履くまでのもたもたした姿は、人に見られたらどうしようと思う不格好さで、ひとりで笑ってしまうこともしばしばで、姑がよくいっていた

「その年にならないと、わからないことがたくさんあるものよ」

という言葉の意味が身にしみてわかってきたこの頃です。家族を見送ってから三十年間は、若い友人の家で正月家族にしてもらい、何となく正月料理も作ってきましたが、九十五歳でそれも打ち切り、今年は甥のつとめていたなじみのホテルの和食の店で、やはりひとりになった友人とお雑煮を食べてきました。足の痛みなど出てきているのに、お正月だからと特別料理を作らなくてはと、無理して台所に立つのはやめようと思ったのです。

幸に、今はまだ仕事をしていられる自分のために、ささやかなぜいたくを味わうのも明日への気力になるので、自分に許しています。姑や夫が、先輩とし

て老いていく姿やその思いをしっかりと見せてくれたので、私は静かな気持ですごせることに感謝しています。

そんな私の日常を、長いおつきあいの大和書房の佐野和恵さんが、まとめて一冊にしておきましょうよとすすめてくださって、やはり長い仕事仲間の阿部絢子さんと、三人でときどき話し合い、お二人の力でまとめていただいたのがこの一冊です。お二人に深く感謝いたします。

二〇一四年一月三十一日

吉沢　久子

文庫版あとがき

私は来年（二〇一七年）一月二一日に、九十九歳になります。姑と夫をおくり、ひとり暮らしになってから三五年近くになりました。いまもまわりの人々の助けを借りてなんとかひとりで暮らしています。

気難しくワガママな夫との暮らし、姑を迎えて三人の暮らし、仕事と家庭の両立は常に時間に追われ、自分の自由な時間を持てない毎日でしたが、それをあまり苦労と思わず過ごせたのは、どこかのんびりと楽天的なところがあるのでしょうか。

そしてどんな時でも〝食べるのが大好き〟、〝ひとに食べさせるのも大好き〟、ということが、心も身体も健康でいられた最大の秘訣だと思います。戦争中の食糧難の時でも知恵と工夫で少しでもおいしいものを作ろうとしました。

九十九歳は、昔風にいえば「白寿」、「百年《ももとせ》に一年《ひととせ》たらぬ九十九髪《つくもがみ》」と詠まれ、この世のものとも思われぬ白髪の老女のイメージがありました。現代では九十歳以上の高齢者はもうめずらしくなくなりました。

高齢社会とよばれて久しいですが、これからの日本の未来を考えるうえで、高齢者の問題は無視できませんね。高齢者にやさしい、住みやすい世の中になれば社会全体ももっと明るくなるのではないかと思います。そんな世界になることを心より願っています。

九十九歳を目前に

吉沢　久子

＊本作品は、小社より二〇一四年二月に刊行された
『96歳　いまがいちばん幸せ』を文庫化したものです。

吉沢久子（よしざわ・ひさこ）
1918年東京生まれ。文化学院卒業。家事評論家。エッセイスト。文芸評論家古谷綱武と結婚。家庭生活を支える一方、生活者の目線で女の暮らしを考え、暮らしを大切にする思いを込めた執筆、講演などの活動を行う。姑、夫と死別、65歳からひとり暮らし。良き協力者を得て、仕事も家事もひとりでこなし、常に前向きに心豊かな暮らしを続けている。なにより健康と人間関係にめぐまれていることに感謝している。朝日新聞連載の「吉沢久子の老いじたく考」は新しい老後の生き方・考え方を示し、「老後」の問題の先駆的提言となり、多くの読者の共感を得た。著書に『もうすぐ百歳、ふり返らず。』（河出書房新社）、『ふつうで素敵な暮らし方』（海竜社）、『人はいくつになっても生きようがある。』（さくら舎）ほか多数。

だいわ文庫

99歳《さい》、いくつになっても いまがいちばん幸《しあわ》せ

著者　吉沢久子《よしざわひさこ》

二〇一六年一二月一五日第一刷発行

発行者　佐藤 靖
発行所　大和《だいわ》書房
東京都文京区関口一-三三-四 〒一一二-〇〇一四
電話 〇三-三二〇三-四五一一

フォーマットデザイン　鈴木成一デザイン室
本文デザイン　岡 孝治
本文写真　大河内 禎
編集協力　阿部絢子
本文印刷　歩プロセス
カバー印刷　山一印刷
製本　小泉製本

ISBN978-4-479-30629-0
乱丁本・落丁本はお取り替えいたします。
http://www.daiwashobo.co.jp

だいわ文庫の好評既刊

大原照子
50歳からのシンプルライフ術
モノは必要なだけ。身軽に、気持ちよく暮らすコツ
毎日の家事には手間をかけず、モノはお気に入りを少しだけ。ひとりの時間がもっともっと豊かになる暮らしのアドバイスが満載。
600円
64-3 D

桐島洋子
50歳からのこだわらない生き方
自由な心とからだで「本物の人生」を楽しむ
ついにあなたの番が来た！　もう遠慮はいらない。手放す。執着しない。人生の荷物を少なくし、自分のペースでのびやかに生きよう。
600円
186-1 D

阿部絢子
始末のいい暮らし方
ムダの少ない、気持ちのいい毎日のために
今日から心がけたい「食べっぱなし・着っぱなし・出しっぱなし・買いっぱなし・しまいっぱなし」。つましく豊かに暮らす知恵。
648円
210-1 A

＊山口路子
オードリー・ヘップバーンの言葉
なぜ女性には気品があるのか
女性の生き方シリーズ文庫で人気の山口路子書き下ろし。オードリーの言葉には、今を生きる女性たちへの知恵が詰まっている！
650円
327-1 D

永六輔
男のおばあさん
楽しく年をとる方法
今80歳。男のおばさん、おばあさんになる！頑張らず、楽しく年を取る。でも転ばないでね。TBSラジオ「誰かとどこかで」文庫化！
650円
331-1 D

＊印は書き下ろし

だいわ文庫の好評既刊

＊印は書き下ろし

日野原重明
どうよく生き、どうよく老い、どうよく死ぬか　私の幸福論
人生の難題に立ち向かう、ドクター日野原の流儀！　自らの体験をもとに、しあわせを感じる生きかたを示す。心の深みに沁みる本！
600円
73-2 D

橋田壽賀子
ひとりが、いちばん！　頼らず、期待せず、ワガママに
日常はシンプルに、義理のおつきあいはなし、無理せず気楽に暮らす秘訣が満載！「ひとり」をどうたのしく生きるかに、名回答！
571円
109-1 D

橋田壽賀子
夫婦の覚悟　責めない、束縛しない、思いやる
責めない。文句を言わない。過去にこだわらない。大事なのはこれから！　互いに感謝の気持ちでもう一度ゼロから夫婦を始める。
571円
109-2 D

曽野綾子
なぜ子供のままの大人が増えたのか
周囲に関心が薄い。理想と現実を混同する。考え方が一辺倒。日本人の幼児性が進んでいる。老いも若きも、皆がおかしくなっている！
648円
195-1 D

瀬戸内寂聴
寂聴　愛を生きる　女の人生が輝く334の知恵
妻子ある男との運命的な出会いと別れを経て出家した著者が、嫉妬・不倫・性愛・男の本音など、愛に惑うあなたに贈る言葉！
648円
231-1 D

表示価格はすべて本体価格（税別）です。本体価格は変更することがあります。